Toni Brandão

A Gata Borralheira em cena

Ilustrações
Raquel Sarti Dantas

[Livre adaptação para o teatro
do clássico de Charles Perrault]

© IBEP, 2024

Diretor superintendente Jorge Yunes
Diretora editorial Célia de Assis
Editor de literatura Ricardo Prado
Editora assistente Priscila Daudt Marques
Revisão Erika Alonso
Produção editorial Elza Mizue Hata Fujihara
Assistente de produção editorial Marcelo Ribeiro
Projeto gráfico e diagramação Juliana Ida
Ilustrações Raquel Sarti Dantas

1ª edição – São Paulo

Dados Internacionais de Catalogação na Publicação
(CIP) de acordo com ISBD

B817g   Brandão, Toni
          A Gata Borralheira em cena / Toni Brandão ; ilustrado por Raquel Sarti Dantas. - São Paulo : IBEP, 2024.
          128 p. : il. ; 13,5cm x 20,5cm.

          ISBN: 978-65-5696-499-7

     1. Teatro. 2. Adaptação teatral. I. Dantas, Raquel Sarti. II. Título.

2024-1787   CDD 792
                                                             CDU 792

Elaborado por Odilio Hilario Moreira Junior - CRB-8/9949

Índice para catálogo sistemático:
1. Teatro 792
2. Teatro 792

 IBEP

Rua Gomes de Carvalho, 1306 – 11º andar
Vila Olímpia – São Paulo – SP
04547-005 – Brasil – Tel.: 0800-015-5966
https://editoraibep.com.br
atendimento@editoraibep.com.br
Impresso na Leograf Gráfica e Editora - Junho/2024

Sumário

CENA 1 – Abertura 9
CENA 2 – Porão 10
CENA 3 – Sótão 13
CENA 4 – Telhado do castelo da Gata Borralheira 16
Cena 5 – Quarto de Narilda e Joélica 18
CENA 6 – Sala do castelo da Gata Borralheira 24
CENA 7 – Salão do castelo do Rei King 30
CENA 8 – Sala do castelo da Gata Borralheira 37
CENA 9 – Cozinha do castelo da Gata Borralheira 39
CENA 10 – Sala do castelo da Gata Borralheira 42
CENA 11 – Cozinha do castelo da Gata Borralheira 51
CENA 12 – Quarto de Narilda e Joélica 53
CENA 13 – Sotão 62
CENA 14 – Telhado do castelo da Gata Borralheira 63
CENA 15 – Salão do castelo do Rei King 74

CENA 16 - Estrada 76
CENA 17 - Salão do castelo do Rei King 78
CENA 18 - Fachada do castelo do Rei King 80
CENA 19 - Muro e telhado do castelo do Rei King 88
CENA 20 - Salão do castelo do Rei King 94
CENA 21 - Telhado do castelo do Rei King 99
CENA 22 - Fachada do castelo do Rei King 99
CENA 23 - Telhado do castelo do Rei King 103
CENA 24 - Efeito especial 106
CENA 25 - Sala do castelo da Gata Borralheira 107
CENA 26 - Sotão 111
CENA 27 - Sala do castelo da Gata Borralheira 114
CENA 28 - Sótão 122
CENA 29 - Estrada 125
CENA 30 - Salão do castelo do Rei King 126

Para quem acredita no próprio sonho!

Personagens

Gata Borralheira
A Fada
A Madrasta
A irmã Joélica
A irmã Narilda
O rato Zeca
O rato Kiko
O rato Juca
O Príncipe Alexandre
O Rei King
O Arauto
Soldado 1
Soldado 2

Época: indefinida

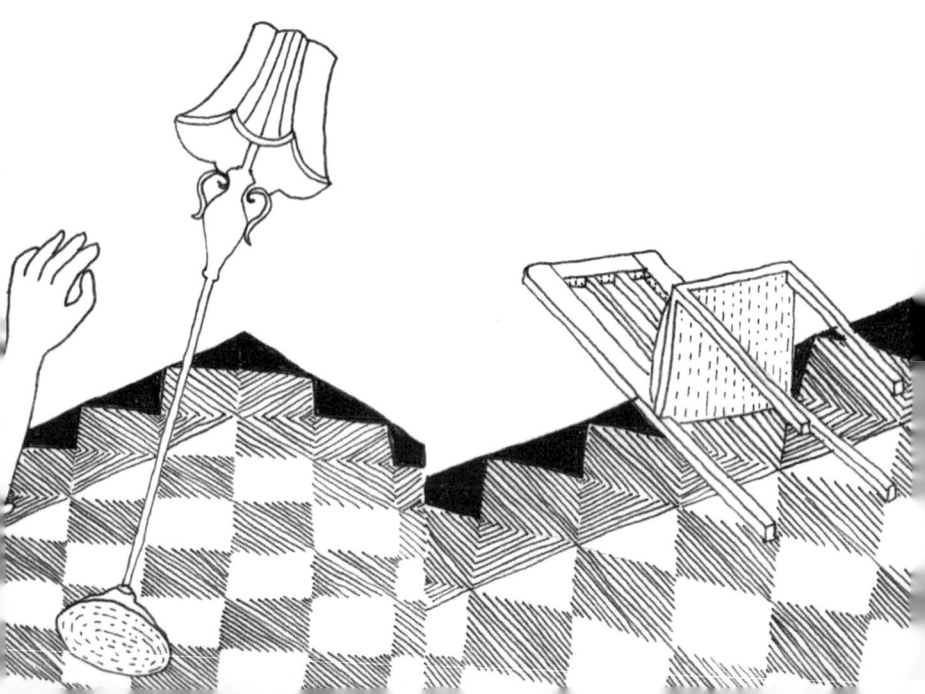

CENA 1

Abertura

Blackout. Ouve-se uma versão bem-humorada, porém com instrumentos de música clássica, de um rock pesado. O som deve soar como música típica de "conto de fadas" tradicional. Sons de grilos. Coral de roncos e assobios. Alguns objetos do castelo se movimentam ao ritmo dos roncos (exemplo: janelas e tampas de panelas abrem e fecham). Narilda e Joélica dormem em seu quarto. A Madrasta dorme recostada na poltrona na sala onde ela tece um enorme tricô em forma de teia de aranha. Os ratos Zeca, Juca e Kiko dormem e se coçam no porão. A Gata Borralheira dorme em um canto do sótão. À medida que o narrador se refere aos personagens, acende-se e apaga-se um foco sobre eles.

NARRADOR ★ Era uma vez um castelo caindo aos pedaços... três ratos cheios de carrapatos... duas irmãs feias, sujas e malvadas... uma Madrasta... horrível... imunda... e cruel... muuuuuuito cruel... e uma menina linda como uma gata, que vivia no sótão, vestida de farrapos e toda suja do borralho da cinza que saía da lareira e do fogão de lenha da cozinha... vamos começar pelos ratos...

Entra o solo estridente de uma guitarra tocando a versão original do rock pesado. Sobe o foco nos ratos do porão.

CENA 2

Os ratos Zeca, Juca e Kiko roncam e se coçam, cobertos com a mesma manta velha. Cada um puxa a manta para o seu lado. Áudio de um pum! Sai um pozinho vermelho de debaixo da manta. Os três ratos se sentam assustados e tapando o nariz.

KIKO	★ Soltou pum de novo, Zeca?
ZECA	★ Eu não... Foi o Juca!
JUCA	★ Eu não! Meu pum nem é vermelho!
ZECA	★ Mas é fedido igual a esse que saiu.
JUCA	★ O seu é pior... e é vermelho!
KIKO	★ Querem parar vocês dois! A gente nem dormiu direito e daqui a pouco já será a hora de ir acordar ela!
ZECA	★ Vai nada!
JUCA	★ O galo ainda nem cantou!

Áudio de um galo cantando. Kiko pula da cama.

| KIKO | ★ Pronto! Tá na hora de ir acordar a Gata Borralheira. |

Kiko tira o Juca da cama.

| KIKO | ★ Vem, Juca! |
| JUCA | ★ Já? |

Kiko tira o Zeca da cama.

| KIKO | ★ Vem, Zeca! |
| ZECA | ★ Como você é chato, Kiko! |

Kiko empurra Zeca e Juca. Os três atravessam o palco.

KIKO	★ Vamos logo, vem... hoje o dia vai ser longo.
JUCA	★ Todos os dias são longos!
KIKO	★ Mas hoje vai ser um dia longo mais longo.
ZECA	★ Não existe dia longo mais longo, você tá enrolando a gente!
KIKO	★ Vocês é que estão me enrolando.

Zeca fica um pouco para trás, para e faz xixi levantando uma das pernas, como se fosse um animal de quatro patas.

KIKO	★ Vem, Zeca!
ZECA	★ Tô fazendo xixi.
JUCA	★ Isso é hora de fazer xixi?
ZECA	★ Claro que é.

Kiko e Juca saem.

ZECA ★ Espera eu... espera eu!

Zeca sai correndo para alcançar Kiko e Juca.

CENA 3

SÓTÃO

A Gata dorme. Kiko, Zeca e Juca entram e admiram a Gata que dorme.

JUCA (*suspirando*)
      ★ Ela é linda até dormindo!

ZECA   ★ E desde quando a pessoa muda, quando tá dormindo?

KIKO   ★ Fale baixo, vai acordar a Gata.

ZECA   ★ Se liga, Kiko! É pra isso mesmo que a gente tá aqui!

KIKO   ★ Chega de papo! Quem vai chamar ela hoje?

KIKO, ZECA E JUCA
      ★ Dois ou um?

Zeca, Juca e Kiko põem os dedos. Zeca ganha.

ZECA   ★ Oba! Sou eu de novo!

JUCA   ★ Você roubou!

ZECA   ★ Roubei seu nariz!

Zeca vai até a Gata e começam a sacudi-la.

ZECA   ★ Ei, Gata... acorda... acorda... que te conto uma história!

KIKO ★ Se liga, Zeca! História a gente conta quando a pessoa vai dormir, e não quando vai acordar.

ZECA ★ Ah é! Acorda, Gata... acorda! Tá na hora de a gente ir brincar no telhado!

GATA (*dormindo*)
★ Eu não posso perder essa parte do sonho!

ZECA ★ Acorda... Gata!

GATA ★ ... só mais um minuto...

JUCA ★ Você tá muito devagar, Zeca! Depois, não vai dar tempo... (*vai até a Gata*) Acorda, Gata Borralheira!

GATA ★ ... mais um segundo...

Kiko vai até a Gata e descobre-a.

KIKO ★ Negativo! Acorda "agora"!

Dormindo, a Gata Borralheira se cobre novamente.

ZECA ★ Chi! Desiste!

KIKO ★ Ela tem que acordar logo!

JUCA ★ Se não, estamos perdidos!

Zeca, Juca e Kiko tentam acordar a Gata de várias maneiras, fazendo farra pelo sótão; brincando com travesseiros. Depois de muito resistir, a Gata vai despertando e se insere nas brincadeiras. O trio sobe para o telhado ainda brincando com os travesseiros, fazendo acrobacias e malabarismos. Amanhece.

CENA 4

TELHADO DO CASTELO DA GATA BORRALHEIRA

Gata está desperta, e todos estão integrados e brincando no telhado.

GATA ⋆ A melhor parte do meu dia é quando vocês, meus amigos ratos, vêm me acordar e nós ficamos brincando aqui no telhado, onde eu me esqueço da vida... até parece que é a continuação dos meus sonhos... depois, o dia vira um pesadelo! Limpar... lavar... passar...

Zeca entrega um copo de leite para a Gata.

ZECA ⋆ Não pense nisso agora. Bebe!

GATA ⋆ Obrigada! (*T*)*
Ainda tô cansada! Ontem, eu trabalhei muito!

KIKO ⋆ ... e antes de ontem também ...

JUCA ⋆ .... e antes de antes de ontem também ...

Juca entrega um pedaço de pão.

JUCA ⋆ Come que melhora!

GATA ⋆ Obrigada! (*T*)

---

* (T) = pausa; tempo na fala.

Eu estava tendo um sonho tão maluco!

KIKO ⋆ Maluco como?

GATA ⋆ Estava tudo meio de ponta-cabeça e...

NARILDA E JOÉLICA (*em off*)
⋆ Borralheeeeeiiiira!

Muda o clima. A Gata se assusta.

GATA ⋆ Os penicos!

A Gata devolve o copo e o pedaço de pão aos ratos e sai correndo. Cai a luz.

CENA 5

Quarto de Narilda e Joélica

Sobe uma luz com sombra. As irmãs estão lado a lado, cada uma segurando um penico enorme e batendo os pés, também enormes, no chão. A Gata entra correndo e se encaixa entre as duas e os penicos.

NARILDA ★ Por que demorou tanto?

JOÉLICA (*mostrando o penico*)
★ Posso saber o que significa isso?

NARILDA (*para Joélica*)
★ Eu perguntei primeiro, Joélica!

Gata confere o conteúdo do penico.

GATA ★ I-i-i-i-sso o quê?

JOÉLICA ★ Não ouviu a Narilda dizer que perguntou primeiro?

NARILDA ★ Por que demorou tanto?

GATA (*respondendo à Narilda*)
★ Tro-tropecei na escada!

NARILDA ★ Agora, que você já respondeu pra Joélica, não adianta mais.

JOÉLICA e NARILDA
★ Você fez isso de propósito, não fez?

GATA	★ O quê?
NARILDA	★ Responder primeiro para a Narilda...
JOÉLICA	★ ...não lavar os nossos penicos, antes de a gente acordar.
GATA	★ E agora? Pra quem eu respondo?
NARILDA	★ Claro que foi de propósito!
JOÉLICA	★ Só pra eu e a Narilda nos desentendermos!
NARILDA	★ Destruidora de amizade de irmãs. Mas isso não fica assim!
JOÉLICA	★ Não fica meeesmo! (*entregando o penico*) Vá limpar isso...

NARILDA (*entregando o penico*)
★ ... e muito bem limpo!

Gata confere os penicos vazios.

GATA ★ Mas, hoje, os penicos estão vazios!

Narilda e Joélica conferem os penicos e se fazem de desentendidas.

NARILDA ★ Cadê o meu xixi?

JOÉLICA ★ Onde foi parar o meu cocô?

Sobe um pequeno foco na Madrasta, que vai despertando. A luz sobre a Madrasta vai crescendo.

NARILDA ★ Você, hein!!!

GATA ★ O que foi desta vez?

JOÉLICA ★ Sumiu com tudo, só pra nos desobedecer!

NARILDA ★ Sua bruxa!

JOÉLICA ★ Horrível, assim… eu sempre desconfiei que você fosse uma bruxa!

A Madrasta, furiosa, começa a resmungar e caminha em direção ao quarto.

NARILDA (*como se fosse um xingamento*)
 ★ Bruxa-feiaaa!

JOÉLICA (*como se fosse um xingamento*)
 ★ Bruxa-magra!

NARILDA ★ Vá lavar os penicos!

GATA ★ Mas eles estão limpos!

JOÉLICA ★ Problema seu!

A Madrasta entra no quarto.

MADRASTA (*explodindo*)
 ★ Que gritaria é essa?

Narilda e Joélica correm para junto da Madrasta.

NARILDA E JOÉLICA
> *Mummy... mummy...*

A Gata entra com os penicos.

MADRASTA ★ O que aconteceu?

NARILDA ★ Essa bruxa...

A Madrasta se enfurece ainda mais e caminha, pesada, em direção à Gata mastigando as palavras.

MADRASTA ★ O que foi que você fez, dessa vez, aos meus bebês?

NARILDA ★ Conta pra mamãe o que você fez aos bebês dela!

GATA ★ E-e-e-e-u...

MADRASTA ★ Não me responda!

Continuando sua fala, a Madrasta anda pelo quarto derrubando tudo o que encontra pela frente.

MADRASTA ★ Eu detesto quando me respondem... eu detesto quando me acordam no meio de um pesadelo...

Ouvem-se raios e trovões.

MADRASTA ★ ...há muito tempo eu não tinha um pesadelo tão horrível...

...fiquem sabendo que hoje eu estou péssima, e quando eu estou péssima...

Ouvem-se os sons de uma tempestade desabando. Durante a chuva, ao som de raios e trovões, a Madrasta bagunça todo o quarto. As irmãs ajudam a mãe a terminar de bagunçar o quarto e seguem para a sala seguida pelas irmãs e pela Gata, cada vez mais acuada. Termina a tempestade.

CENA 6

SALA DO CASTELO DA GATA BORRALHEIRA

A sala está toda bagunçada.

MADRASTA ★ Vocês pensam que vão fazer o que querem do "meu" castelo?

Narilda não entende que aparentemente a Madrasta está incluindo ela e a Joélica na bronca.

NARILDA (*para a Gata*)
★ Se você pensa que vai fazer o quer do "nosso" ...

JOÉLICA (*à parte*)
★ Menos, Narilda! Parece que hoje vai sobrar pra gente.

MADRASTA ★ Fiquem quietas! (*T*) Está mais do que na hora de vocês aprenderem quem é que manda aqui! O castelo pode estar aos pedaços, mas ele ainda é meu... muito meu!

NARILDA ★ Olha só a bronca que a gente tá levando por causa dessa bruxa!

JOÉLICA ★ Mas ela me paga... ah, se me pega!

A Madrasta circula entre as três.

MADRASTA ★ Enquanto eu não acordar, eu não quero nem que vocês respirem... entenderam?

Silêncio. Narilda e Joélica se abraçam. A Gata não tem quem abraçar.

MADRASTA ★ Narilda?

NARILDA ★ Entendi!

MADRASTA ★ Joélica?

JOÉLICA ★ Entendi!

MADRASTA ★ Borralheira?

GATA ★ Entendi!

MADRASTA (*explodindo com a Gata*)
★ Euuuu nããão falei que não quero que me respondam????? (*T*) Acho que depois do castigo...

Narilda e Joélica começam a rir da Gata. A Madrasta se enfeza e passa a falar com as três.

MADRASTA ★ ... que eu vou dar pra vocês três!

JOÉLICA E NARILDA
★ Três? Que injustiça!

MADRASTA ★ Eu não quero nem mais um pio!

Silêncio absoluto.

MADRASTA (*cruel*)

⋆ Borralheira, arrume toda essa bagunça que eu espalhei pelo castelo...

A Madrasta chega perto de Narilda e Joélica.

MADRASTA (*irônica*)

⋆ ... e, vocês duas, meus bebês, assim que a Borralheira tiver colocado as coisas no lugar... (*malvada*) Bagunçem tudo de novo... pra que ela tenha que arrumar tudo de novo... hoje eu estou péssima... péssima... pééééessima...

A Madrasta sai gargalhando. Assim que ela sai, Narilda e Joélica começam a rir, dão-se os braços e vão saindo.

NARILDA ⋆ Assim que estiver tudo no lugar, é só chamar que a gente volta pra bagunçar, sua cara de penico! Vem, Joélica, que eu vou fazer as suas tranças!

JOÉLICA ⋆ Ai, obrigada, Narilda! Depois eu faço as suas...

Narilda e Joélica saem dando gargalhadas de braços dados. A Gata se irrita e joga os penicos longe, grunhindo.

GATA ⋆ Grrrrrrrrh! (*T*) Eu não aguento mais! arrumar... limpar... passar...

A Gata começa a arrumar a sala. Entra o Juca.

GATA   * ... lavar... costurar... fazer...

ZECA   * Você ta brava?

GATA (*brava*)
    * O que é que você acha?

ZECA   * Desculpa!

A Gata percebe que foi grosseira.

GATA   * Eu é que peço desculpas, Zeca!

Zeca começa a ajudar a Gata.

ZECA   * Sua vida tá cada vez mais dura, né? (*percebe que diz o óbvio*) ...desculpa de novo, eu tô sendo óbvio... é que eu não sei o que dizer, mas queria dizer alguma coisa pra te deixar mais alegre.

A Gata chega perto de Zeca e o abraça carinhoso.

GATA   * Já deixou! (*T*) Minha vida tá piorando sim! E o pior, é que eu não sei o que fazer pra mudar.

Entra Juca.

JUCA ★ Posso ajudar vocês?

Entra Kiko.

GATA ★ Pode sim, Juca! Coloque essas flores no vaso, por favor!

JUCA ★ Tá legal!

KIKO ★ E eu, faço o quê?

GATA ★ Arrume as camas, por favor, Kiko!

Juca coloca as flores no vaso e vai ajudar de outra maneira. Kiko vai fazer as camas.

GATA ★ Desde que o meu pai morreu, eu sou tratada como um bicho...

JUCA ★ Muito pior!

GATA ★ E pensar que antes de morrer, o papai se casou com a Madrasta pra me arrumar uma família!

ZECA ★ Que família! Credo!

GATA ★ Se eu for olhar bem, a minha família de verdade são vocês três!

ZECA ★ Não fique tristinha, não, Gata!

JUCA ★ Essas três ainda vão ter o que merecem!

KIKO   ★ Se vão!

GATA   ★ Doce ilusão! Vamos trabalhar! Já vi que o dia de hoje vai ser longo...Arrumar... lavar... limpar... arrumar... lavar... limpar...

A Gata e os ratos começam a brincar com as palavras.

ZECA   ★ Lavar...

GATA   ★ ...passar...

JUCA   ★ ... arrumar...

GATA   ★ ... encerar...

KIKO   ★ ... limpar...

GATA   ★ ... lustrar...

Cai a luz sobre a Gata e os ratos.

CENA 7

SALÃO DO CASTELO DO REI KING

Sobe um foco no castelo do Príncipe Alexandre, onde ele conversa com o pai, Rei King, acabando de se vestir para montar.

REI KING ★ Montar... dançar... farrear... montar... dançar... farrear... Você tem é que trabalhar!

PRÍNCIPE ★ Trabalhar? Ouvi bem, meu pai?

REI KING ★ Muito bem!

PRÍNCIPE ★ O que deu no senhor? Ficou maluco?

REI KING ★ Ainda não, mas estou a caminho, se você continuar a ser esse moleque irresponsável...

PRÍNCIPE ★ Moleque Irresponsável?

REI KING ★ ...e que só quer saber de montar, dançar, farrear... ou você vai trabalhar... ou se casar!

PRÍNCIPE ★ Eu diria que agora, sim, o senhor ficou maluco!

REI KING ★ Por que, maluco, Alexandre?

PRÍNCIPE ★ Casar! Onde já se viu?

REI KING ★ Eu tenho certeza quase absoluta de que se você se casar, sua vida tomará um rumo!

PRÍNCIPE (*inventando uma desculpa*)
　　　　　★ Eu sou muito jovem!

REI KING　★ Eu me casei muito mais jovem do que você!

PRÍNCIPE　★ Eu sou um príncipe!

REI KING　★ Eu também era.

PRÍNCIPE　★ No seu tempo, as coisas eram diferentes.

REI KING　★ Diferentes como?

PRÍNCIPE　★ Hoje, quanto mais o príncipe demorar para aparecer na vida das princesas, melhor!

REI KING　★ Como?

PRÍNCIPE　★ Tem sido assim em todas as histórias. Na nossa, não será diferente...

REI KING　★ Eu nunca tinha pensado nisso!

PRÍNCIPE　★ Mas, ainda está em tempo. (***T***) Eu só vou aparecer na vida da minha princesa, quando tudo o que ela tem pra resolver já estiver resolvido! Eu só apareço para o beijo final.

REI KING (*confuso*)
　　　　　★ E o que você vai ficar fazendo esse tempo todo?

PRÍNCIPE　★ O que fazem os outros príncipes: (*imitando o tom do pai*) montar... dançar... farrear... (*voltando a falar do seu jeito*)

...e vê se esquece essa coisa de trabalhar! Olha só o que o trabalho fez de você: um rei irritado e cheio de minhocas na cabeça!

Príncipe dá um beijo no pai.

PRÍNCIPE ★ Relaxa, pai! Seu povo ainda precisa muito de você. Agora, tchau...

REI KING ★ Eu ainda não acabei!

PRÍNCIPE ★ Acabou, sim! Fui!

Príncipe sai.

REI KING ★ Não sei o que eu faço! Juro que não sei o que eu faço!

Entra o Arauto.

ARAUTO ★ Uma festa!

O Rei King se surpreende.

REI KING ★ O que foi que você disse?

ARAUTO ★ Faça uma festa, Rei King!

REI KING (*indignado*)
★ Uma festa? Mas isso é de que o Alexandre mais gosta!

ARAUTO ★ É exatamente por isso que eu estou dizendo, Alteza!

O Rei King reflete.

REI KING ★ Francamente, Arauto! Eu não consigo entender sua lógica!

ARAUTO ★ Faça um pequeno esforço!

O Rei King olha ofendido. O Arauto se intimida.

ARAUTO ★ Peço desculpas ao Rei King!

REI KING ★ Menos desculpas e mais explicações!

ARAUTO ★ Dê uma festa de presente ao Príncipe Alexandre...

REI KING ★ Festa?

ARAUTO ★ ... e convide todas as moças solteiras do reino. Solteiras e que tenham posses... terras... que sejam ricas! Além de fazer o Príncipe sossegar, Vossa Alteza melhorará as finanças do reino! (*T*) Tenho certeza de que Alexandre sairá da festa casado... ou, pelo menos, fisgado, quer dizer, noivo!

REI KING (*enfezado*)

★ Se você estava, como sempre, escutando atrás das portas, sabe que essa ideia não

	passa nem de raspão pela cabeça do meu filho sem cabeça!
ARAUTO	⋆ Deve ser porque essa mesma ideia não sai das cabeças do bando de solteiras que o seu reino abriga.
REI KING	⋆ Hã?
ARAUTO	⋆ O senhor sabe muito bem do que é capaz uma moça solteira, quando está diante de um príncipe... ou não sabe?

REI KING (*começando a se animar*)
    ⋆ Ah, agora começo a entender a sua lógica!

ARAUTO	⋆ Eu tinha certeza de que o senhor conseguiria!

REI KING (*se enfezando novamente*)
    ⋆ Se você andou bisbilhotando nas contas do reino, como sempre, sabe que estamos sem dinheiro para festas.

O Arauto tem uma ideia genial e dá um grito!

ARAUTO	⋆ Ah!
REI KING	⋆ O Arauto está tendo um troço?
ARAUTO	⋆ Não... uma ideia!
REI KING	⋆ No seu caso, é quase a mesma coisa!

ARAUTO	★ Em vez de o senhor pagar pela festa, pediremos à confeiteira que faça o bolo e os doces de graça; ao dono da taverna, que nos forneça o champanhe, também de graça... à dona da floricultura, que decore o salão sem ganhar nenhum tostão...
REI KING	★ E por que eles fariam isso?
ARAUTO	★ Em troca de sua gentileza de deixar que a confeiteira, o taverneiro e a florista do reino não paguem parte dos altos impostos que eles devem este ano.
REI KING	★ Mas isso deixaria os cofres do reino ainda mais vazios!
ARAUTO	★ Não mais do que eles ficarão se o senhor não conseguir fazer que o Príncipe Alexandre se case o mais rápido possível. (se empolgando) Só se casando é que o Príncipe deixará de jogar dinheiro pela janela, como tem feito desde que ele foi educado com tanta liberdade... (*percebe que está exagerando*) desculpe-me, Rei King!

REI KING (*superempolgado*)

★ Não há o que desculpar... e, sim, o que comemorar!

ARAUTO ⋆ Comemorar?

REI KING (*mais empolgado*)
⋆ Muito bem, Arauto! Invente a tal festa! Que seja uma grande festa!

Cai a luz.

CENA 8

SALA DO CASTELO DA GATA BORRALHEIRA

Narilda passa cremes, e Joélica toma vitaminas. Há vários potes de cremes e vitaminas sobre a mesa.

NARILDA ★ ... este creme é pra deixar o queixo mais fino...

JOÉLICA ★ ... estas vitaminas são para deixar as orelhas menores...

NARILDA ★ ... este, deixa os cabelos melhores...

JOÉLICA ★ ... estas, embranquecem os dentes...

NARILDA ★ Eu vou ficar reluzente!

JOÉLICA ★ E eu, transparente!

MADRASTA ★ Será que dá pra vocês pararem de me atrapalhar?

JOÉLICA ★ O que é que a mamãezinha querida tá fazendo?

MADRASTA ★ Contas!

Narilda e Joélica se assustam.

NARILDA E NOÉLICA
★ Contas? De novo?

NARILDA (*temendo pela resposta*)
★ ... e como vão as contas?

MADRASTA ★ Cada vez piores! Não sei mais onde cortar despesas.

NARILDA ★ Meus cremes, não, mamãe, por favor!

JOÉLICA ★ Nem as minhas vitaminas!

MADRASTA ★ Claro que não! Pelo menos não até vocês desencalharem!

NARILDA E JOÉLICA
★ Desencalharem?

MADRASTA ★ Se casarem, eu quis dizer! E parem de ficar me atrapalhando...

NARILDA ★ Desculpa!

JOÉLICA ★ Foi sem querer!

MADRASTA ★ Estão desculpadas... Agora, me deixem continuar!

A Madrasta volta a fazer contas. Narilda e Joélica continuam com os cremes e as vitaminas.

NARILDA ★ ... este, faz sumir a barriga...

JOÉLICA ★ ... esta, deixa os cabelos loiros...

NARILDA ★ ... este, deixa mais alta...

JOÉLICA ★ ... esta, mais exibida...

Cai a luz.

CENA 9

COZINHA DO CASTELO DA GATA BORRALHEIRA

Pilha exagerada de pratos. Gata, Zeca, Juca e Kiko trabalham em grupo lavando os pratos. A Gata ensaboa, Zeca enxágua e Kiko seca os pratos fazendo outra pilha, que é arrumada por Juca. Todos estão exaustos.

GATA ★ ... cento e noventa e nove... duzentos ... duzentos e um... duzentos e dois... parece que essa pilha de pratos não tem fim... Primeiro, foram os cem copos ...

KIKO ★ ...depois, as duzentas xícaras...

ZECA ★ ... agora, os trezentos pratos!

GATA ★ O que será que vem depois?

JUCA ★ Só espero que não sejam as panelas!

KIKO ★ Nem as janelas!

JUCA ★ Não entendo por que você tem que cuidar todos os dias de toda a louça do Castelo!

ZECA ★ ... e lavar as escadas e as paredes...

KIKO ★ ... e o que a Madrasta e as irmãs vestem e calçam!

GATA ★ Se não fosse vocês me ajudarem, eu não aguentaria. Acho que é por isso que eu

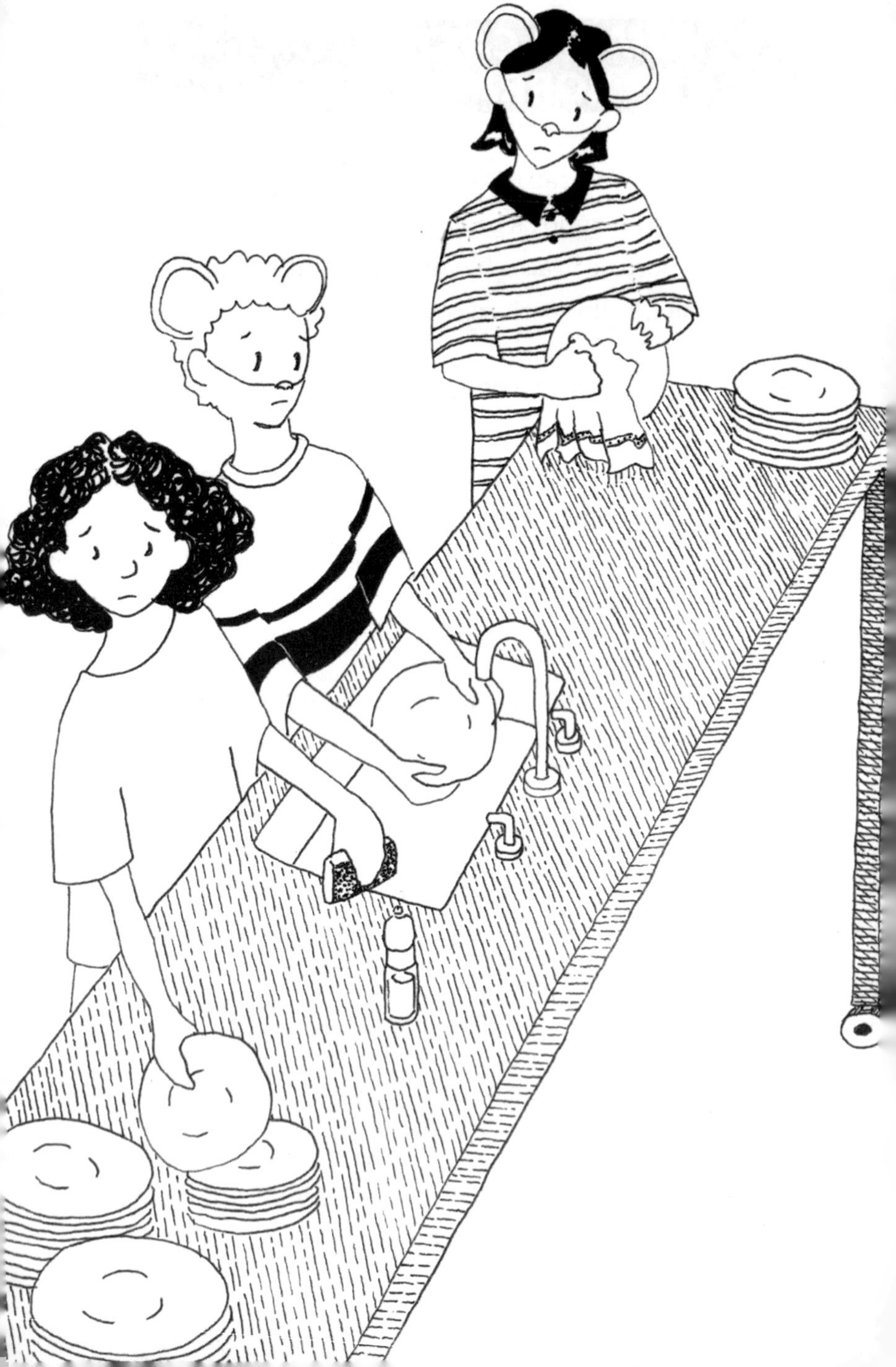

sinto tanto sono de manhã! Será que nunca, nunca a minha vida vai mudar?

MADRASTA (*em off*)
⋆ Booooooorrrrraaaaaalheeeeira!

Áudio de tremor.

GATA ⋆ O que será dessa vez? (*para os ratos*) Por favor, continuem lavando os pratos, mas não deixem quebrar nenhum; senão, eu estou frita!

A Gata corre para a sala. Cai o foco.

CENA 10

SALA DO CASTELO DA GATA BORRALHEIRA

Sobe o foco na sala. Madrasta está sentada fazendo contas. Narilda e Joélica enchem os rostos, uma da outra, de cremes de beleza.

GATA ★ Chamou, Madrasta?

NARILDA E JOÉLICA
★ Claro que chamou!

MADRASTA (*dramática*)
★ As coisas vão mal... muito mal!

GATA ★ Pior não podem ficar!

NARILDA E JOÉLICA
★ Podem, sim...

MADRASTA ★ ... se eu não fizer alguma coisa imediatamente!

Gata percebe que aí vem coisa.

GATA ★ Alguma coisa...

MADRASTA (*dramática*)
★ Espero que você entenda que é para o seu próprio bem... para o bem de todas nós!

GATA * Eu também espero!

MADRASTA * Você sabe que as despesas deste castelo são muito altas, mesmo ele estando aos pedaços...

Gata confere os cremes sobre a mesa e as irmãs.

GATA * Sei.

MADRASTA * Você sabe, também, que o seu pai me deixou pouquíssimo dinheiro...

GATA (*discordando*)
* Sei?

MADRASTA * ... e muitíssimas dívidas!

GATA * Que eu me lembre...

MADRASTA (*cruel*)
* Não me interrompa! (*doce*) Isso me corta o coração, mas... eu estou sendo obrigada...

GATA (*com medo*)
* ... obrigada...

MADRASTA * E, pensando bem, você está meio gordinha mesmo!

NARILDA * Tá mesmo!

MADRASTA * Suas roupas estão ficando até justas...

JOÉLICA * Além de serem horríveis!

MADRASTA ★ ... é por tudo isso que eu vou cortar sua comida!

GATA ★ Cortar?

MADRASTA ★ Diminuir!

GATA ★ Mas eu já como tão pouco!

MADRASTA ★ Ótimo... assim, você nem sentirá a diferença. A partir de hoje, e até que você arrume um jeito de ganhar dinheiro, você passará a pão e água...

GATA ★ Pão e água?

MADRASTA ★ Mais água do que pão!

GATA ★ ... mas, Madrasta, como é que eu vou arrumar um jeito de ganhar dinheiro? Eu não tenho tempo nem de...

O toque de uma corneta interrompe a ação. A Madrasta, Narilda e Joélica se excitam. Zeca, Juca e Kiko passam a espiar a cena.

NARILDA E JOÉLICA
★ A corneta real... a corneta real...

MADRASTA ★ Notícias do castelo do Rei King! (*T*)
Abra a porta, Borralheira!

A Gata abre a porta. O Arauto entra acompanhado do Soldado 1, que segura a corneta, e do Soldado 2, que segura uma pilha de envelopes. O Arauto segura um pergaminho. O Soldado 1 toca a corneta novamente.

ARAUTO ★ Venho em nome do Rei King!

NARILDA, JOÉLICA E MADRASTA
★ Que Deus proteja o Rei!

MADRASTA (*lembrando-se de algo e ficando brava*)
★ Se é para cobrar mais impostos...

ARAUTO ★ Alto lá, Senhora! O que me traz é um convite!

NARILDA E JOÉLICA
★ Convite?

MADRASTA ★ Quietas, meninas!

O Arauto abre o pergaminho.

ARAUTO (*lendo*)
★ Sua Alteza, o Rei King...

NARILDA, JOÉLICA E MADRASTA
★ Que Deus proteja o Rei!

ARAUTO (*lendo*)
★ ... manda convidar todas as garotas solteiras do reino...

NARILDA ★ Garotas?

JOÉLICA ★ Solteiras?

ARAUTO (*lendo***)**
> ★ ... para uma homenagem ao seu filho, o Príncipe Alexandre...

NARILDA, JOÉLICA E MADRASTA
> ★ Que Deus proteja o Príncipe!

ARAUTO (*lendo***)**
> ★ ... trata-se de um baile...

NARILDA E JOÉLICA
> ★ Baile?

Narilda e Joélica comemoram. Gata se anima.

NARILDA E JOÉLICA
> ★ Quando?

O Arauto confere com desdém Narilda e Joélica.

ARAUTO (*lendo***)**
> ★ ... hoje...

NARILDA E JOÉLICA
> ★ Hoje?

ARAUTO (*lendo***)**
> ★ ... a partir das nove da noite!

NARILDA E JOÉLICA
> ★ Nove da noite?

ARAUTO (*lendo***)**
> ★ Tenho dito!

O Arauto fecha o pergaminho, pega um envelope e o entrega à Madrasta. Gata está tentando criar coragem.

ARAUTO   ★ Aqui está o convite para as suas filhas, Senhora!

MADRASTA ★ Muito obrigada, Senhor Arauto!

O Soldado 1 toca a corneta e vai saindo com o Arauto e o Soldado 2. Os Soldados saem. O Arauto fica.

GATA   ★ ... são todas as garotas mesmo?

O Arauto para e presta atenção na Gata. Narilda e Joélica olham bravas para ela.

ARAUTO (*simpático*)
         ★ Todas as garotas solteiras do reino! (*T*) Fui!

O Arauto sai. Narilda e Joélica fazem festa, tiram o envelope das mãos da Madrasta e começam a beijá-lo. A Madrasta observa a Gata, atenta. Enquanto Narilda e Joélica dão as próximas falas, a Madrasta vai até o seu tricô de teia de aranha.

NARILDA   ★ Baile?

JOÉLICA   ★ Príncipe?

NARILDA   ★ Garotas?

JOÉLICA ★ Solteiras?

NARILDA ★ Ele quer se casar...

JOÉLICA ★ ... comigo!

NARILDA ★ Comigo!

MADRASTA ★ Quietas as duas!

Silêncio. A Madrasta começa a tricotar.

MADRASTA (*irônica*)
★ Borralheira, minha filha! Você agiu muito mal! Não se interrompe o Arauto do Rei!

GATA ★ Mas ele já tinha terminado, Madrasta.

MADRASTA ★ Pior ainda! Não se questiona o Arauto do Rei! Por que você me fez passar tamanha vergonha?

GATA ★ Eu queria saber se eram todas as garotas do reino mesmo...

MADRASTA ★ Claro que sim!

GATA ★ ... pra saber se eu também podia ir ao baile.

MADRASTA ★ Claro que não!

Narilda e Joélica caem na gargalhada.

NARILDA ★ Era só o que faltava!

JOÉLICA ★ "Isso" aí... no baile?

MADRASTA ★ O Arauto foi bem claro... o baile é para as garotas solteiras do reino! Não para restos de carvão esfarrapados, como você.

GATA ★ Mas o meu pai era um nobre!

Enquanto ouve a Madrasta, a Gata vai murchando e começando a chorar.

MADRASTA ★ ... e me deixou pobre... cheia de dívidas... com duas filhas pra criar... e com você, pra me causar problemas... e aumentar as minhas dívidas... (**T**) Já terminou de lavar os pratos?

GATA ★ Ainda não!

MADRASTA ★ Já pra cozinha!

Gata vai saindo correndo. Zeca, Kiko e Juca somem.

NARILDA ★ Nããããao, mamãe!

A Gata para. Zeca, Juca e Kiko voltam a espiar.

JOÉLICA ★ A Borralheira tem que ajudar a gente!

NARILDA ★ Quem vai cuidar dos nossos vestidos?

JOÉLICA ★ E dos nossos sapatos?

NARILDA ★ E dos nossos cabelos?

MADRASTA ★ Têm razão, meus bebês! (*para a Gata*) Primeiro, ajude as suas irmãs... depois, você continua na cozinha!

GATA ★ Sim, senhora!

Narilda e Joélica vão saindo.

NARILDA E JOÉLICA
★ Vem com a gente, Borralheira!

Narilda e Joélica saem pisando firme. A Gata vai atrás. Os ratos somem. A Madrasta continua tricotando.

MADRASTA ★ Quer dizer que essa Borralheira queria ir ao baile... só se fosse pra dançar dentro da lareira!

A Madrasta dá gargalhadas enquanto cai a luz.

CENA 11

COZINHA DO CASTELO DA GATA BORRALHEIRA

Kiko, Zeca, Juca lavam os pratos, indignados.

KIKO	★ Pobre, Borralheira!
JUCA	★ Tão boazinha!
ZECA	★ Tão lindona!
KIKO	★ Ninguém merece ser tão maltratado!
ZECA	★ Muito menos ela!
JUCA	★ Dá vontade de pôr veneno de rato na comida da Madrasta e das irmãs.
KIKO	★ Se liga, Juca!
JUCA	★ O quê?
KIKO	★ Se a gente chegar perto de veneno de rato, era uma vez três ratinhos...
JUCA	★ Ah, é!
ZECA	★ Nós temos que fazer alguma coisa pra ajudar a Borralheira a ir ao baile!
JUCA	★ É, mas o quê?
ZECA	★ Não faço a menor ideia!

KIKO	⋆ Se pelo menos a Borralheira tivesse uma Fada Madrinha!
ZECA E JUCA	⋆ Fada Madrinha?
KIKO	⋆ Nunca ouviram falar? Dizem que toda garota tem uma Fada Madrinha... pra ajudar nas horas difíceis... e tudo.
JUCA	⋆ Ah!
ZECA	⋆ Se a Borralheira tem Fada Madrinha, ela deve estar muito ocupada com outras coisas... e não quer nem saber de ajudar!
KIKO	⋆ Pobre Borralheira!
JUCA	⋆ Tão boazinha!
ZECA	⋆ Tão lindona!
JUCA	⋆ Tão boazinha!
ZECA	⋆ Tão lindona!

Cai a luz.

CENA 12

QUARTO DE NARILDA E JOÉLICA

Muitos vestidos velhos espalhados. Narilda e Joélica experimentando e conferindo os vestidos. Gata ao lado, já exausta, trazendo as roupas que Narilda e Joélica vão dispensando, irritadas.

NARILDA ★ Este tá velho!

GATA ★ Mas é lindo!

Narilda joga o vestido no chão.

JOÉLICA ★ Este tá desbotado!

GATA ★ É a cor dele que é assim!

Joélica joga o vestido no chão.

NARILDA ★ Olha como este estreitou!

Narilda joga o vestido no chão.

JOÉLICA ★ E este, então, veja como encolheu!

Joélica joga o vestido no chão.

GATA (*à parte*)

★ Pensar que um dia todos esses vestidos foram meus!

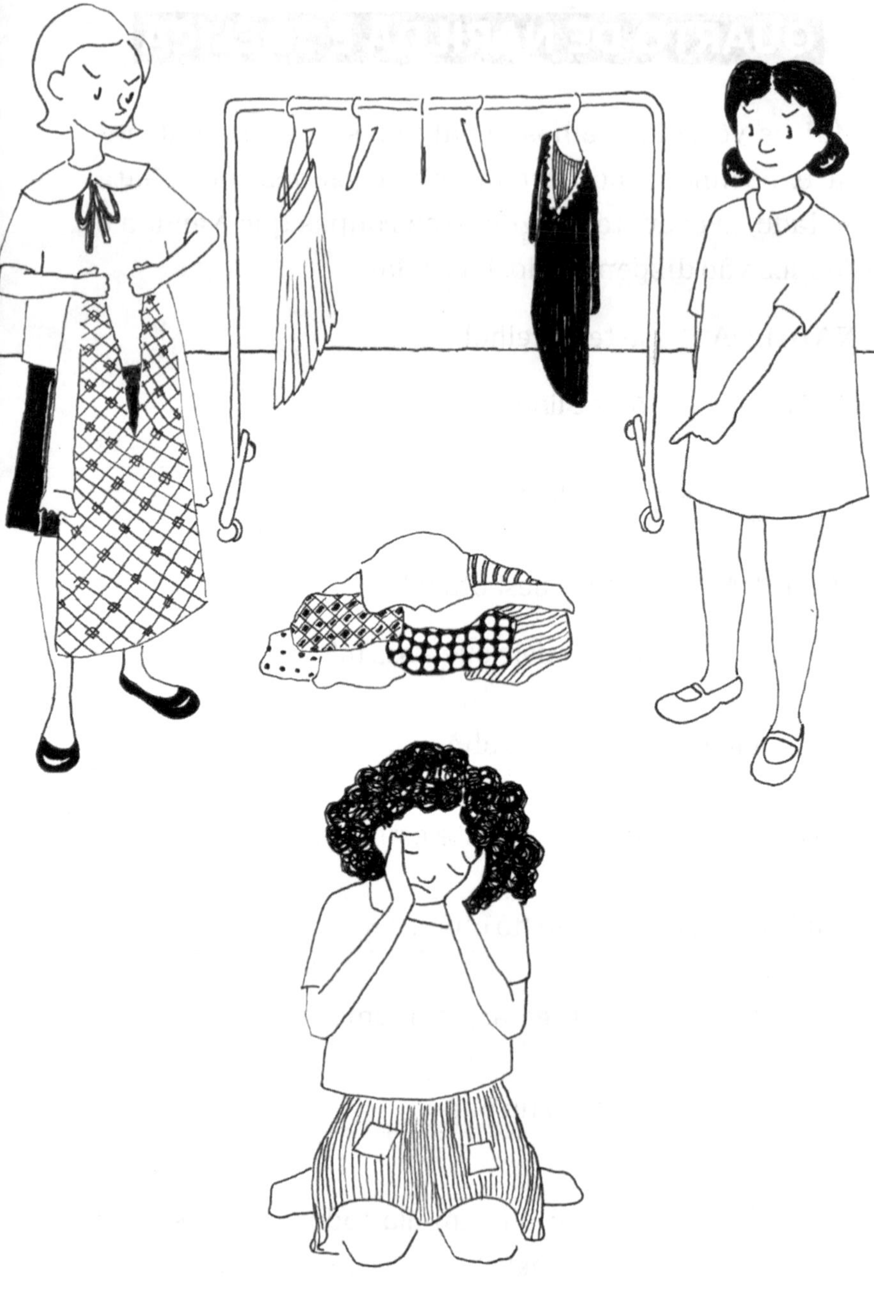

NARILDA ★ É por isso que são tão horríveis! (T) Este parece uma camisola!

Narilda rasga o vestido ao meio e joga os pedaços no chão.

GATA ★ Não faça isso!

JOÉLICA ★ Este aqui, um pano de chão.

Joélica rasga o vestido ao meio e joga os pedaços no chão.

NARILDA E JOÉLICA (para a Gata)
★ Tudo culpa sua!

GATA ★ Culpa minha?

NARILDA ★ Se a mamãe não tivesse que te sustentar, sobraria dinheiro para ela comprar mais vestidos!

JOÉLICA ★ E a gente não teria que ir aos bailes vestidas piores do que duas borralheiras!

NARILDA ★ Mas isso não fica assim!

JOÉLICA ★ Não fica meeesmo!

A Madrasta entra segurando dois vestidos lindos e protegidos por tecidos brilhantes.

MADRASTA ★ Meus bebês! Tenho uma surpresa para vocês!

NARILDA E JOÉLICA
★ Surpresa?

MADRASTA ★ Morro de sede! (*T*) Vá buscar água, Borralheira!

GATA ★ Sim, senhora!

A Gata sai.

MADRASTA ★ Adivinhem o que a mamãe foi buscar na costureira?

Narilda e Joélica correm até os vestidos, tiram-nos dos pacotes e ficam felizes.

NARILDA E JOÉLICA
★ Vestidos novos!

MADRASTA ★ Seminovos... mas muito mais bonitos do que esse monte de trapos velhos! Eu não podia deixar vocês irem ao baile de qualquer jeito! (*T*) É o meu último investimento para tentar desencalhar vocês!

Narilda e Joélica abraçam-se na Madrasta.

NARILDA E JOÉLICA
★ *Mummy*, você não existe!

MADRASTA ★ Parem de me lambuzar de beijos e prestem muita atenção no que eu vou dizer: se uma de vocês não fisgar esse maldito Príncipe Alexandre, nós vamos ter que voltar a viver naquele maldito quartinho sujo, úmido e sem Sol, onde vivíamos, antes de eu me casar com o idiota do pai da Borralheira!

NARILDA ★ Não, *mummy*...

JOÉLICA ★ ... o quartinho, não!

MADRASTA ★ Então, arrumem-se logo... está quase na hora de saírem para o baile. E cuidem muito bem desses vestidos. Amanhã, tenho que devolvê-los para a costureira.

A Gata entra com a bandeja e o copo de água. A Madrasta vai saindo. Pensa em algo, volta e confere os vestidos velhos.

MADRASTA ★ Aproveitem e acabem de rasgar estes trapos velhos! Depois que uma de vocês fisgar o Príncipe, ninguém mais vai precisar usá-los... além do mais, assim, vocês evitam que "uma certa pessoa" use um deles para "tentar" ir ao baile.

A Madrasta vai saindo.

GATA ★ A água que a senhora pediu, Madrasta!

A Madrasta continua saindo.

MADRASTA ★ Quem foi que pediu água? Ficou maluca? (*T*) Eu quero os meus bebês prontos... e lindos... em um minuto... (*gargalhada*) trinta segundos... (*gargalhada*) quinze segundos...

A Madrasta sai gargalhando. Narilda e Joélica vão chegando mais perto da Gata.

NARILDA ★ Você, hein?

GATA ★ Eu o quê?

Cada vez mais empolgadas, Narilda e Joélica vão rasgando os vestidos em retalhos.

JOÉLICA ★ ... estava armando para ir ao baile...

NARILDA ★ ... e escondida de nós!

A Gata vai ficando cada vez mais triste e com o coração partido, enquanto ajuda as irmãs a se prepararem para o baile.

JOÉLICA ★ Mas isso não fica assim!

NARILDA ★ Não fica meeesmo!

NARILDA ★ Depois que eu me casar com o Príncipe, você vai morar na cocheira...

JOÉLICA ★ ... e quando eu for a rainha, você vai morar na ratoeira!

Narilda e Joélica estão prontas. Anoiteceu. A Madrasta volta e com uma capa.

MADRASTA ★ Deixe-me conferir os meus bebês!

Narilda e Joélica se exibem para a Madrasta.

MADRASTA ★ Ficaram lindas!

NARILDA ★ E ficaríamos muito mais...

JOÉLICA ★ ... não fosse a incompetência dessa Borralheira.

NARILDA ★ Mas isso não fica assim!

JOÉLICA ★ Não fica meeesmo!

MADRASTA ★ Deixem de bobagem! Vamos!

NARILDA ★ Vamos?

MADRASTA ★ Vou levar vocês até o portão do castelo.

JOÉLICA ★ E como é que nós vamos ao baile, *mummy*?

MADRASTA ★ Aluguei uma charrete! (*para a Gata*) Ponha fogo neste monte de trapos velhos! Quando eu voltar, vou conferir cada canto do castelo. Ai de você se eu encontrar um pedaço de linha de qualquer um destes vestidos pelo chão! (*para Narilda e Joélica*) Ao baile!

NARILDA E JOÉLICA
★ Ao baile!

A Madrasta sai. Narilda e Joélica mostram a língua para a Gata e saem. A Gata borralheira pega um saco e começa a recolher os retalhos.

GATA ★ Eu queria tanto ir ao baile! Desde que o meu pai morreu, nunca mais eu coloquei os pés em um salão de festas... nem ouvi música... acho que eu já não sei nem mais dançar.

A Gata pega um retalho maior e começa a ficar irritada. Entra Zeca.

ZECA ★ Posso ajudar?

GATA (*irritada*)
★ Não! (***T***) Eu me lembro da última vez que usei este vestido!

Zeca ajuda a recolher os retalhos. Entra Juca.

JUCA ★ Posso ajudar?

GATA (*irritada*)
★ Não! (***T***) Foi na última festa de aniversário do meu pai!

Juca ajuda a recolher os retalhos. Entra Kiko. A Gata se enfurece.

KIKO ★ Posso ajudar?

GATA (*explodindo*)
★ Nãaãããããão!

A Gata começa a chorar e sai carregando o saco de retalhos. Zeca, Kiko e Juca vão atrás dela.

CENA 13
SOTÃO

A Gata, chorando, entra carregando o saco de retalhos seguida por Zeca, Juca e Kiko.

GATA ⋆ Por que sobrou, pra mim, ser a Borralheira? (*desabafando*)
Eu queria pelo menos uma chance de poder mudar o meu destino!

FADA (*em off*)
⋆ Acho que eu posso te ajudar!

Muda a luz, começa a ventar, a Fada Madrinha aparece iluminada. Estrondo e fumaça. Todos estão atônitos.

FADA (*em off*)
⋆ ... atchimmmm!

GATA ⋆ O que aconteceu?

KIKO ⋆ Parece que caiu alguma coisa no telhado!

A Gata, Kiko, Zeca e Juca saem pela janela para o telhado. A Gata leva o saco de retalhos.

CENA 14

TELHADO DO CASTELO DA GATA BORRALHEIRA

A Gata, Kiko, Zeca e Juca entram no telhado. A Fada está se levantando e se recuperando da queda. A Gata segura o saco cheio de retalhos.

FADA ⋆ Acho que eu errei a mira da hora de aterrissar… e peguei um golpe de ar, voando para cá! Atchiiiim!

GATA (*assustada e curiosa*)
⋆ Saúde!

FADA ⋆ Obrigada!

A Fada está um pouco confusa e confere se está tudo em ordem com ela: cabelo, vestido, varinha etc.

FADA ⋆ Eu estou bem?

GATA ⋆ Quem é você?

FADA (*recuperada*)
⋆ Vá me dizer que você não sabe?

Zeca, Kiko e Juca se aproximam devagar.

JUCA ⋆ Pa-pa-parece u-u-u-uma-ma fa-fa-Fada!

KIKO ⋆ Na-na-não po-po-pode ser!

FADA	★ Um pouco debilitada pelo resfriado... mas sou uma Fada, sim! Atchimmm!
ZECA	★ Saúde!
FADA	★ Obrigada! (*simpatizando com Zeca*) Que ratinho mais lindo!

ZECA (*tímido*)
    ★ Obrigado!

GATA (*se refazendo*)
    ★ Você é uma Fada Madrinha?

FADA	★ Mais precisamente, a sua Fada Madrinha!

GATA (*em ebulição*)
    ★ Ah, então, é você...

FADA (*percebendo a reação*)
    ★ Sou eu o quê?

GATA	★ Nós precisamos ter uma conversinha!
FADA	★ Claro que precisamos! Eu vim aqui te ajudar.
GATA	★ É exatamente sobre isso que eu tô falando.
FADA	★ Acho que estamos falando de coisas diferentes! Atchim!
ZECA	★ Saúde!
FADA	★ Obrigada!

GATA	★ Por que você só me aparece agora?
FADA	★ Como assim "agora"?
GATA	★ Eu estou aqui, ralando há um tempão, e só agora você vem? Sabe quantos pratos eu já lavei? Sabe quantos...
FADA	★ Calminha!
GATA	★ ... olha as minhas mãos, como estão cheias de calos...
FADA	★ Calminha!
GATA	★ ... olha os meus cabelos como estão cheios de pontas...

FADA (*definitiva*)
　　★ Alto lá, garota!

A Gata fica quieta.

FADA	★ Não tô entendendo tanta rebeldia! Atchim!
GATA	★ Saúde!
FADA	★ Obrigada! (*T*) Você deixou a Madrasta e as irmãs te fazerem de Gata e sapata, quer dizer, de gato e sapato, o tempo que elas quiseram... agora, que eu apareço pra tentar te ajudar a mudar o seu destino, você estoura comigo?

GATA	★ O que é que eu podia ter feito?
FADA	★ A sua parte!
GATA	★ Minha parte?
FADA	★ Desejar de verdade, com todas as forças do seu coração, mudar o seu destino, como você acabou de desejar! Foi só você desejar que eu apareci... mas já vou desaparecer! Atchim!

A Fada vai saindo.

GATA	★ Espere, Fada!
FADA	★ Esperar o quê? Você me atirar pedras?
GATA	★ Desculpe, você me pegou em um péssimo momento!
FADA	★ Ninguém gosta de ser maltratada!

GATA (*doce*)

★ Acho que é por isso, por ter sido tão maltratada, que eu estou fazendo tudo errado. Na hora de agradecer, eu agrido. Desculpe, foi mal!

FADA	★ Foi péssimo! (*voltando a se empolgar*) ... mas, já que você sabe que errou, se arrependeu... e como eu adoro fazer mágicas, satisfazer desejos... ao trabalho!

GATA	⋆ Você também vai me fazer trabalhar?
FADA	⋆ Helloouu? Gata? Quem tem poderes sou eu, portanto, "eu" é que vou trabalhar. Atchim!
ZECA	⋆ Saúde!
FADA	⋆ Obrigada! (*T*) Eu preciso preparar você para o baile!
GATA	⋆ Baile?
FADA	⋆ Você não tá doida pra ir ao baile do Príncipe Alexandre? (*enigmática*) Quem sabe se não será no baile, que você mudará o seu destino!
GATA	⋆ Mas como, se eu só tenho este vestido...?
FADA	⋆ Ah, por favor, não seja tão óbvia! Garanto que se fosse a Bela Adormecida ela já teria entendido tudo: eu vou te dar um vestido lindo, uma carruagem... ajudantes... (*para os ratos*) Por falar em ajudantes, eu vou precisar de vocês! (*para Zeca, mais simpática*) Vá até o pomar e me traga uma abóbora!
ZECA	⋆ Pequena, média ou grande?
FADA	⋆ Tanto faz! Sendo abóbora, é o que basta! Atchim!

ZECA (*saindo correndo*)
   Saúde!

A Fada vai até Kiko e Juca.

FADA (*para Kiko e Juca*)
   ★ Vocês dois, me tragam esse saco cheio de retalhos.

Kiko e Juca correm, tiram o saco das mãos da Gata e vão até a Fada Madrinha. Entra trilha de encantamento.

FADA   ★ Que a linha de ouro dos sonhos realizados costure cada pedacinho destes panos caídos e transforme este monte de retalhos no mais lindo dos vestidos... é crer pra ver!

Durante a fala da Fada, o saco sobe flutuando e sob um jogo de luz, transforma-se em um lindo vestido de retalhos que desce flutuando. Zeca, Kiko e Juca ajudam a Gata a vesti-lo. Zeca entra com a abóbora.

ZECA   ★ Tá aqui a abóbora!

FADA   ★ Obrigada!

A Fada pega a abóbora e começa a encantá-la.

FADA   ★ Peço licença à cenoura, à alface e à vagem, mas é a essa abóbora a quem transformarei em uma linda carruagem... é crer pra ver!

Durante o encantamento, a abóbora some e aparece em seu lugar uma carruagem. *(A carruagem que pode apenas ser sugerida, com a Gata e os ratos ohando para fora do palco ou uma imagem projetada ao fundo).*

FADA *(conferindo a carruagem)*
⋆ Tá faltando alguma coisa!

GATA ⋆ Os cavalos pra puxar a carruagem?

FADA ⋆ É isso!

A Fada confere Zeca, Kiko e Juca.

JUCA ⋆ Por que será que ela tá olhando pra gente desse jeito?

A Fada vai até Zeca, Kiko e Juca.

FADA *(para Kiko e Juca)*
⋆ Queridos ratinhos, prometo voltar um dia para ajudá-los, mas hoje quem precisa de ajuda é a Gata Borralheira, por isso vou transformar vocês em dois lindos cavalos... é crer pra ver!

Kiko e Juca se transformam em cavalos. *(O efeito da transformação pode ser feito com um blackout; ao*

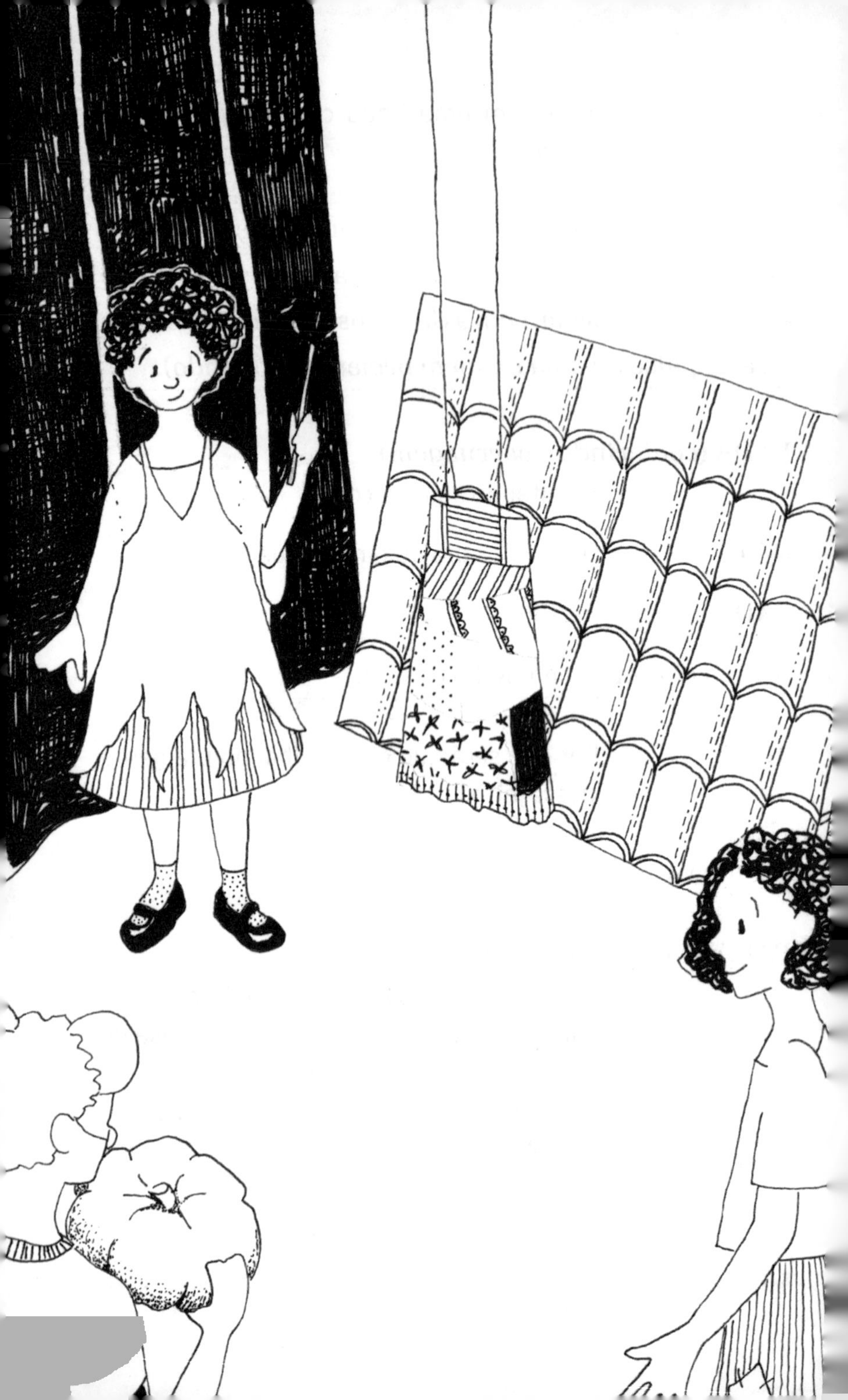

voltar a luz, os dois ratinhos estão usando um capuz com cara de cavalo).

KIKO ★ Gostei!

JUCA ★ Até que eu to bonitão!

FADA (*para Zeca mais simpática*)
★ ... e você, o que me desejou saúde primeiro, será transformado no mais charmoso dos cocheiros... é crer pra ver!

Zeca vira um humano lindo. *(O efeito pode ser o mesmo da transformação anterior: blackout e ao voltar a luz Zeca está sem a fantasia de rato e usa um chapéu de cocheiro).*

ZECA (*indignado*)
★ Humano? Você me transformou em humano?

GATA ★ Você tá lindo, Juca!

ZECA ★ Tô horrível! Preferia ter virado um cavalo, igual aos meus irmãos!

FADA ★ Já perdemos muito tempo com conversas! **(T)** Agora, o momento mais esperado por todas as crianças desde que o mundo é mundo!

GATA ★ Qual momento?

A Fada se concentra. Entra a trilha e ela começa a fazer o encantamento.

| FADA | ★ ... liquens... âmbar... todas as forças do mundo transparente... faça com que o mais encantador par de sapatinhos de cristal apareça, aqui na minha frente.... é crer pra ver! |

Durante a fala surge o par de sapatinhos de cristal flutuando e aterrissa nas mãos na Fada, que os entrega a Gata. *(Pode-se usar fio de nylon para se criar o efeito visual de que os sapatos estão flutuando).*

GATA	★ Como são lindos!
FADA	★ Como é óbvia! Atchiiim!
GATA	★ O que é que você queria que eu dissesse?
FADA	★ É, tem razão! Tudo já foi dito sobre os sapatinhos de cristal!

A Gata começa a calçar os sapatinhos.

FADA (*advertindo*)
| | ★ Preste muita atenção: essa carruagem sairá voando do telhado e levará você, pela estrada, até o baile! Realize seu sonho... dance... divirta-se... cumpra o seu destino... mas você só tem até à meia-noite! |
| GATA | ★ Meia-noite? |
| FADA | ★ À meia-noite em ponto o encanto será desfeito. Os cavalos e o cocheiro voltarão a ser ratos... o vestido voltará a ser trapos... e a carruagem virará abóbora novamente! Agora,

deixe-me ir! Preciso tomar um chá, minha cabeça está começando a doer! Atchim!

A Fada vai saindo.

GATA * Fada!

FADA * Vá logo, menina... Daqui a pouco será meia-noite!

GATA * Eu queria te agradecer!

FADA (enigmática)
* É muito cedo, ainda, pra você me agradecer! Lembre-se! Você só tem até a meia-noite...

A Gata se assusta. A Fada sai flutuando com uma rajada de vento e espirrando.

FADA (em off)
* ... e não se esqueça de fazer a sua parte! Athciiiiiim!

GATA * Saúde!

FADA (em off)
* Obrigaaaaada!

Zeca sai para o canto onde estaria oculta a carruagem, ouve-se um barulho de porta se abrindo, ele faz uma reverência dando passagem e a Gata Borralheira sai de cena.

Cai a luz.

CENA 15
SALÃO DO CASTELO DO REI KING

O salão está decorado para o baile. O Rei, visivelmente preocupado, recebe as convidadas em companhia do Arauto. Dez marionetes de mulheres, do tamanho natural, dançam. Chegam Narilda e Joélica, que são recebidas pelo Arauto e pelo Rei.

ARAUTO ⋆ Bem-vindas, senhoritas!

Narilda e Joélica saúdam o Rei e, excitadíssimas, olham por toda parte, procurando o Príncipe. Chegam à boca de cena.

NARILDA ⋆ Cadê o Príncipe?

JOÉLICA ⋆ ... Ele será de quem achar primeiro!

NARILDA ⋆ Não, senhora! É meu!

JOÉLICA ⋆ Seu? Meu!

NARILDA ⋆ É meu!

JOÉLICA ⋆ É meu!

NARILDA ⋆ Lembra-se de que a mamãe falou pra gente não brigar!

JOÉLICA ⋆ Tá, mas o Príncipe é meu!

NARILDA ⋆ É meu!

Narilda e Joélica se afastam e entram na coreografia das marionetes.

Cai a luz.

CENA 16
ESTRADA

A carruagem com a Gata e Zeca, puxada por Juca e Kiko, se aproxima da entrada do castelo. Zeca está visivelmente incomodado.

ZECA	★ Humano... humano...
KIKO	★ Pensa que é fácil ser cavalo?
ZECA	★ Pelo menos, vocês não têm que fazer xixi em pé!
JUCA	★ Suportar o peso de uma carruagem não é nada fácil!

A Gata põe a cabeça para fora da carruagem.

GATA ★ Por que é que vocês estão reclamando tanto?

KIKO (*sem graça*)
 ★ É o Juca!

JUCA (*sem graça*)
 ★ É o Zeca!

ZECA ★ Tô reclamando mesmo! Não tô gostando nada dessa história de ser humano!

GATA ★ É por pouco tempo!

ZECA	⋆ Humano compete… faz guerra…
GATA	⋆ É por minha causa!

ZECA (*cedendo*)
⋆ Só porque é por sua causa!

GATA	⋆ Atchim!
ZECA	⋆ Saúde!
GATA	⋆ Obrigada!
KIKO	⋆ Chi!
JUCA	⋆ Acho que você pegou o resfriado da Fada!
GATA	⋆ Eu sabia que essa ajuda toda ia ter um preço!

FADA (*em off/resmungando*)
⋆ Huuuuum!

GATA	⋆ É brincadeira! (**T**) Vai logo, Zeca! Eu só tenho até meia-noite!
ZECA	⋆ Calma, né? Eu nunca guiei uma carruagem antes… e tô com medo de machucar os meus irmãos.
KIKO	⋆ Não vem pondo a culpa na gente, não!
ZECA	⋆ Humano… humano…

Cai a luz.

CENA 17

SALÃO DO CASTELO DO REI KING

As marionetes, Narilda e Joélica seguem dançando. O Rei King está em primeiro plano, ansioso.

REI KING ★ Eu sabia que não ia dar certo! ... e esse Arauto que não volta com notícias!

O Arauto entra agitado e um pouco atrapalhado. Narilda e Joélica conferem ansiosas, pensando que ele é o Príncipe, mas se decepcionam. O Arauto desvia das "moças" e vai até o Rei.

REI KING ★ E, então?

ARAUTO ★ Nada!

REI KING ★ Procurou direito?

ARAUTO ★ Ele não está no quarto... nos salões... nos jardins... Príncipe Alexandre evaporou-se... escafedeu-se... esbaforiu-se...

REI KING ★ Pare de inventar palavras... e me diga: o que eu faço agora com esse bando de solteironas?

ARAUTO ★ Elas saberão esperar um pouco mais, Meu Rei... afinal, o que mais elas têm a fazer?

REI KING ★ Eu sabia que isso não ia dar certo!

ARAUTO ⋆ Ainda bem que o senhor sabia!

REI KING (*se irritando*)
　　　⋆ Suma daqui! E só volte quando tiver encontrado o meu filho!

ARAUTO (*contrariado*)
　　　⋆ Seja feita a Vossa Real Vontade!

O Arauto sai. E o baile continua à meia-luz.

CENA 18

FACHADA DO CASTELO DO REI KING

A carruagem chega. Zeca continua reclamando, só que mais baixo.

ZECA ★ Humano... fazer xixi em pé... que coisa mais chata!

A carruagem para.

ZECA ★ Chegamos!

Zeca pula da carruagem, abre a porta e ajuda a Gata a saltar.

ZECA ★ Pronto, Cinderela!

GATA ★ Nossa! Fazia tanto tempo que ninguém me chamava pelo meu nome! Atchim!

ZECA ★ Saúde! De hoje em diante, você será a princesa Cinderela!

GATA ★ Quem me dera! À meia-noite, eu volto ser a mesma garota vestida de trapos, que mora no telhado e vive coberta da borralho... suja de carvão...

ZECA ★ Posso te falar uma coisa?

GATA	★ Fala.
ZECA	★ Pra mim, de princesa ou de Gata borralheira, tanto faz. Você vai ser sempre a minha melhor amiga!
JUCA	★ Pra mim também!
KIKO	★ ... e pra mim também!

A Gata se sente reconfortada.

GATA	★ Obrigada, meus amigos! Nunca vou me esquecer o que vocês estão fazendo por mim.

A Gata beija Zeca.

ZECA	★ Boa sorte, Gata!
GATA	★ Acho que eu vou precisar mesmo!

A Gata beija Juca.

JUCA	★ A gente te espera aqui.
GATA	★ Tá legal!

A Gata beija Kiko.

KIKO	★ Não se esqueça de que você só tem até a meia-noite.
GATA	★ Não esqueço. (*T*) Ai que medo! Atchim!

KIKO, ZECA E JUCA
> ★ Saúde!

A Gata vai saindo em direção ao portão. Cai a luz sobre Zeca, Kiko, Juca e a carruagem. Sobe a luz no portão. O Soldado 1 e o Soldado 2 vigiam a entrada segurando lanças. A Gata caminha devagar em direção ao portão. Entra luz de pesadelo.

NARILDA (*em off*)
> ★ Bruxa-feia!

JOÉLICA (*em off*)
> ★ Bruxa-magra!

NARILDA (*em off*)
> ★ ... estava armando ir ao baile...

JOÉLICA (*em off*)
> ★ ... e escondida de nós!

MADRASTA (*em off*)
> ★ O baile é para as garotas solteiras do reino! Não para restos de carvão esfarrapados, como você.

NARILDA (*em off*)
> ★ Depois que eu me casar com o Príncipe, você vai morar na cocheira...

JOÉLICA (*em off*)
> ★ ... e quando eu for a rainha, você vai morar na ratoeira!

MADRASTA (*em off*)
> ⋆ ... o baile é para as garotas solteiras do reino! Não para restos de carvão esfarrapados, como você.

À medida que as falas se intensificam, a Gata passa a andar mais devagar e com mais medo.

NARILDA (*em off*)
> ⋆ Bruxa-feia!

JOÉLICA (*em off*)
> ⋆ Bruxa-magra!

MADRASTA (*em off*)
> ⋆ Resto de carvão esfarrapado!

A luz volta ao normal. O Soldado 1 e o Soldado 2 se empolgam ao verem a Gata caminhando em direção ao portão.

SOLDADO 1 ⋆ Veja como é linda essa que se aproxima!

SOLDADO 2 ⋆ Sem dúvida, será a mais bonita da festa!

Quando a Gata chega ao portão, os Soldados se contêm e barram a entrada dela cruzando suas lanças, com delicadeza.

SOLDADO 1 (*simpático*)
> ⋆ Bem-vinda ao Baile do Príncipe Alexandre. Por favor, mostre o seu convite!

GATA ★ Convite?

SOLDADO 2 (*simpático*)
★ Bem-vinda ao baile do Príncipe Alexandre. Por favor, mostre o seu convite!

GATA ★ Convite... mas.... eu não tenho convite...

SOLDADO 1 (*lamentando*)
★ Desculpe, então, você não é bem-vinda ao baile do Príncipe Alexandre.

GATA ★ Mas, eu... atchim!

SOLDADO 2 ★ Saúde!

GATA ★ Obrigada!

SOLDADO 1(*lamentando*)
★ Por favor, afaste-se do castelo!

SOLDADO 2 (*lamentando*)
★ Não podemos fazem nada por você!

Os Soldados fecham a expressão. A Gata fica triste.

GATA ★ Eu sabia....

A Gata vai se afastando do portão rente ao muro.

SOLDADO 1 ★ Poxa! Que pena!

SOLDADO 2 ★ Pena mesmo!

SOLDADO 1 * Nem sempre as coisas são como a gente quer!

SOLDADO 2 * É... nem sempre!

A Gata anda acompanhando o muro.

GATA * ... estava bom demais pra ser verdade... meu destino é lavar os pratos... enxugar as panelas... atchim... varrer o chão...

A Gata chega perto da uma árvore próxima ao muro.

GATA * ... viver pendurada no telhado... e suja de borralho...

Áudio de uma rajada de vento. A Gata se assusta.

FADA (em off)
* ... não se esqueça de fazer a sua parte! ... não se esqueça de fazer a sua parte!

GATA (confusa)
* ... fazer a minha parte?

A Gata confere a árvore, tem uma ideia e se anima.

GATA * Espero que me sirva alguma coisa, estar vivendo pendurada no telhado há tanto tempo!

A Gata confere a árvore, tira os sapatinhos de cristal, guarda-os "nos bolsos" e, escalando a árvore, sobe no muro.

GATA (*conferindo*)
> ★ Esse muro vai dar no telhado no castelo... deve ter uma entrada por lá!

A Gata atravessa o muro.

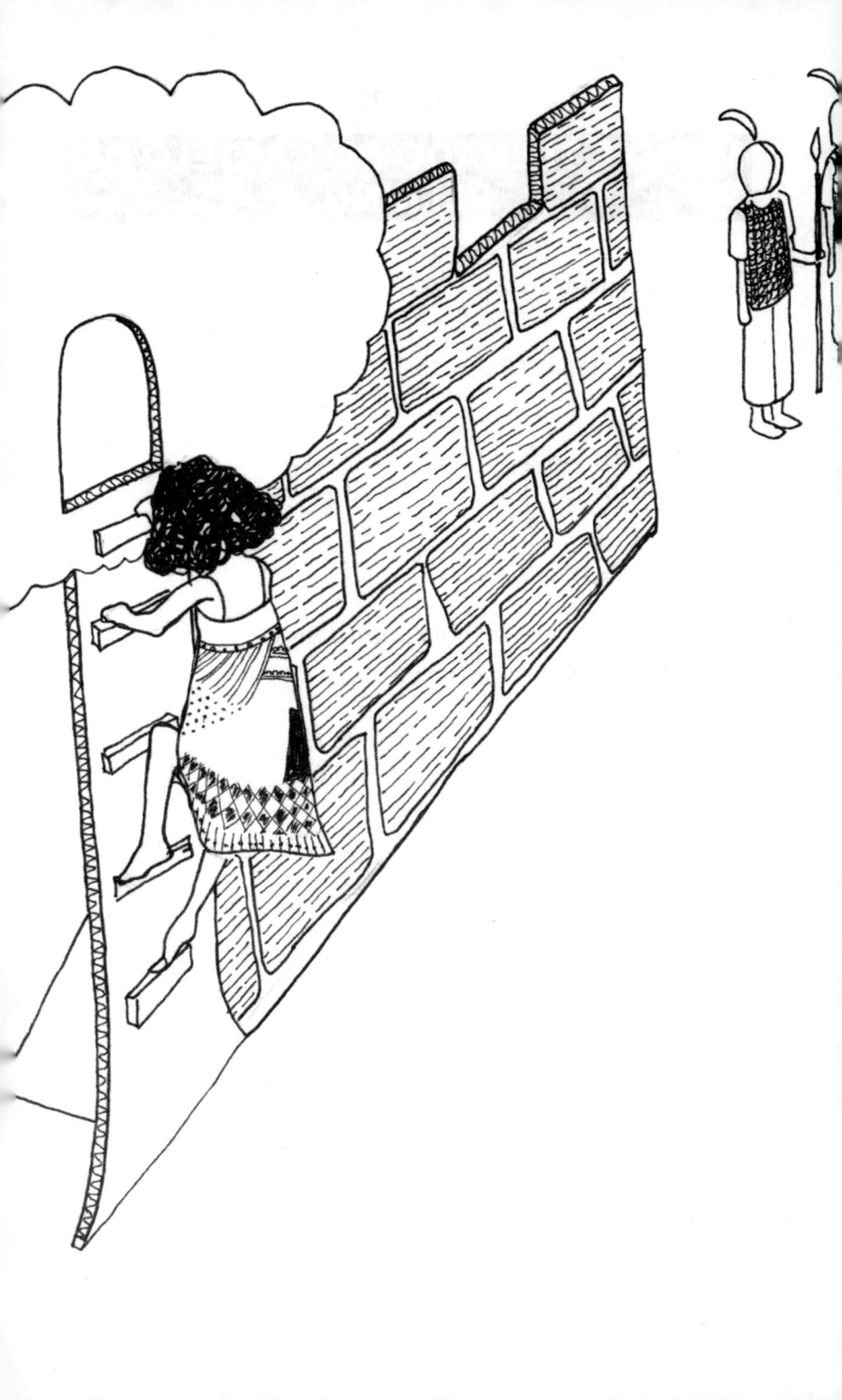

CENA 19

MURO E TELHADO DO CASTELO DO REI KING

A Gata anda sobre o telhado.

PRÍNCIPE (*em off/furioso*)
⋆ Suma daqui!

A Gata se assusta, se desequilibra e quase cai.

GATA ⋆ Eu...

PRÍNCIPE (*entrando em cena/furioso*)
⋆ Eu disse pra você sair daqui!

A Gata tropeça novamente e fica cada vez mais acuada.

GATA ⋆ Eu...

PRÍNCIPE ⋆ Intrometida!

GATA ⋆ Desculpa...

PRÍNCIPE ⋆ Mal-educada!

GATA ⋆ ... eu... só...

O Príncipe chega mais perto ainda furioso.

PRÍNCIPE ⋆ Só o quê?

A Gata cria coragem e encara o Príncipe.

GATA ★ Eu só queria entrar no baile!

O Príncipe começa a se interessar pela Gata. O Arauto vai entrar, procurando pelo Príncipe, mas, ao vê-lo conversando com a Gata, se anima e se esconde deixando parte do corpo à mostra, para continuar ouvindo a conversa.

PRÍNCIPE (*relaxando*)
★ Interessante esse seu jeito de entrar em bailes!

A Gata relaxa, confere o Príncipe e sorri.

GATA ★ Acho que é o hábito!

PRÍNCIPE ★ Hábito?

GATA ★ Eu estou acostumada com os telhados...

PRÍNCIPE ★ Como toda Gata que se preza!

GATA ★ ... e foi o único jeito que eu consegui pra entrar.

PRÍNCIPE (*mais interessado*)
★ Você não tinha convite?

GATA ★ Eu nem sabia que precisava de convite e...

ARAUTO (*a parte/preocupado*)
★ Sem convite? Então, deve ser pobre!

PRÍNCIPE ★ Não precisa explicar, nada! Você é minha convidada.

GATA ★ Você trabalha no castelo?

PRÍNCIPE ★ Trabalhar? (*T*) A conversa estava indo tão bem!

GATA ★ Não existe nenhum problema em trabalhar!

PRÍNCIPE ★ Tem certeza? (*T*) Eu moro no castelo!

GATA (*tentando entender*)
★ Espere aí: se você mora aqui, não trabalha... e tá dizendo que eu sou sua convidada...

PRÍNCIPE ★ Eu sou o dono da festa!

A Gata tropeça novamente e se assusta. O Arauto sai.

GATA ★ Prin-prin-Príncipe Alexandre? (*com mais medo*) Tô fora!

A Gata vai saindo correndo, e o Príncipe vai atrás dela. Segura-a pelo braço.

PRÍNCIPE ★ Ei...

GATA ★ Desculpe, entrei em telhado errado.

PRÍNCIPE ★ ... espere...

A Gata tenta se soltar do Príncipe.

GATA ★ Eu tenho que voltar pra casa.

PRÍNCIPE ★ Mas você não quer ir ao baile?

GATA ★ Queria! Não quero mais.

PRÍNCIPE ★ Calma!

A Gata para de se debater.

PRÍNCIPE ★ Agora tá parecendo uma Gata assustada! Só espero que não me arranhe!

GATA ★ Dá pra você me soltar?

PRÍNCIPE ★ Claro que dá... mas só se você ficar mais um pouco!

GATA ★ Eu preciso ir embora! **(T)** Como eu tô sendo óbvia!

O Príncipe acha graça. A Gata fica confusa.

GATA ★ Tá rindo do quê?

PRÍNCIPE ★ Você tá errando suas falas!

GATA ★ Errando?

PRÍNCIPE ★ Quando ficou sabendo que eu sou o Príncipe, você devia ter ficado mais doce... mais sorridente... mais falsa... igual fazem todas as moças do reino, quando eu apareço.

A Gata se ofende.

GATA * Eu posso ter errado as minhas falas, mas você não está errando as suas!

PRÍNCIPE * Como assim?

GATA * Está mais exibido do que um pavão! Como eu sempre achei que seriam os príncipes! (*T*) Agora, me solte, por favor!

O Príncipe solta a Gata e ela vai saindo.

PRÍNCIPE * Desculpe a minha grosseria!

A Gata para.

PRÍNCIPE * Será que a Gata assustada aceitaria o convite de um pavão exibido pra uma dança no telhado?

A Gata se volta assustada para o Príncipe, que se aproxima.

GATA * Eu tô com medo de você.

O Príncipe já está em frente à Gata.

PRÍNCIPE * Eu sei. Eu também estou com medo do que eu tô sentindo desde que te vi subir no telhado.

GATA	★ Não fale assim.
PRÍNCIPE	★ Aceita meu convite?

O Príncipe vai beijar a Gata. Ela o afasta.

GATA	★ Aceito... mas só uma música. **(T)** Deixa-me calçar os sapatos.

A Gata calça os sapatinhos de cristal. O Príncipe acha graça.

PRÍNCIPE	★ Sapatinho de cristal? Estou começando a achar que você não é real!

O Príncipe vai pegar a mão da Gata.

GATA	★ Atchim!
PRÍNCIPE	★ Saúde!
GATA	★ Meu resfriado voltou!
PRÍNCIPE	★ Tomara que você me transmita todos os micróbios que estiverem nos seus beijos...

O Príncipe pega a mão da Gata, e os dois começam a dançar. A música sobe, e os dois evoluem na dança... Pelo telhado... Pelo muro...

CENA 20
SALÃO DO CASTELO DO REI KING

Sobe o foco sobre o baile. O Rei continua ansioso. Narilda e Joélica, insatisfeitas, dançam uma com a outra. O Príncipe e a Gata entram dançando no salão, como faziam no telhado e no muro, e ignorando os presentes. Surpresa geral. Durante a dança a Gata espirra algumas vezes.

NARILDA	★ Quem será essa horrorosa que não para de espirrar?
JOÉLICA	★ Nunca vi mais magra... pensando bem, parece que eu já vi, sim!
NARILDA	★ Como dança mal!
JOÉLICA	★ E olha como o idiota do Príncipe está babando o maior ovo por ela.
NARILDA	★ Os príncipes são todos iguais!
JOÉLICA	★ Se os pombinhos passarem por aqui, vão levar uma rasteira!
NARILDA	★ Duas rasteiras!

O Arauto entra, ofegante, logo atrás do casal e vai até o Rei bastante preocupado.

REI KING (*feliz*)

★ Até que a sua ideia não era tal ruim assim, Arauto!

ARAUTO (*com medo*)
> * Não?

REI KING * Veja como Alexandre está se divertindo.

ARAUTO (*tentando dizer alguma coisa*)
> * Alteza...

REI KING (*ignorando*)
> * ... pelo visto, logo teremos casamento...

ARAUTO (*idem*)
> * Alteza...

REI KING (*idem*)
> * ... e novos negócios...

ARAUTO * Nem pense nisso, Alteza!

O Rei presta atenção ao Arauto.

REI KING * O que foi dessa vez, Arauto?

ARAUTO * O pior!

REI KING * Tudo o que queríamos não era uma noiva para virar princesa?

ARAUTO * ... uma noiva "rica"!

REI KING * Mas essa garota não me parece pobre!

ARAUTO * Mas certamente é!

REI KING * Como assim?

ARAUTO   ∗ Ela não tinha convite... e entrou pelo telhado...

REI KING   ∗ Como você sabe disso tudo?

ARAUTO (*envergonhado*)
∗ Ouvindo atrás das portas... no caso, ouvindo atrás das telhas!

REI KING (*ficando aflito*)
∗ Chame os Soldados! Precisamos nos livrar dessa intrusa, antes que seja tarde!

ARAUTO   ∗ Seja feita a Vossa Real Vontade!

O Arauto sai. O Príncipe e a Gata vão para a boca de cena (*beira do palco*).

GATA (*brincando*)
∗ Até que pra um pavão você dança bem! Atchim!

PRÍNCIPE   ∗ Saúde!

GATA   ∗ Obrigada!

PRÍNCIPE   ∗ Além de bom parceiro nas danças de salão, será que um pavão levaria jeito para outras parcerias com uma Gata resfriada?

GATA (*fazendo-se de desentendida*)
∗ Não entendi!

PRÍNCIPE   ∗ Quer que eu desenhe?

A Gata acha graça.

GATA   ★ Engraçadinho!

PRÍNCIPE   ★ Sendo simples e objetivo: você quer namorar comigo?

Começam a tocar as doze badaladas. A Gata se assusta e se solta do Príncipe.

GATA   ★ Vai dar meia-noite!

PRÍNCIPE   ★ A noite é uma criança!

GATA (*lamentando seu destino*)
    ★ Mas esta madrugada, pra mim, será uma bruxa! A mais cruel das bruxas! **(T)** Eu tenho que ir embora...

PRÍNCIPE   ★ Calma!

GATA   ★ Você tinha razão! Eu não sou real! Me deixe ir, por favor.

A Gata se solta e sai correndo em direção à porta. Ela dá de cara com os Soldados e o Arauto, que lhe impedem a passagem. O Príncipe não sabe o que fazer.

ARAUTO   ★ Soldados, prendam essa intrusa que invadiu o baile do Príncipe Alexandre!

NARILDA E JOÉLICA (*comemorando*)
    ★ Intrusa!?

NARILDA ★ Eu sabia!

JOÉLICA ★ É a nossa chance!

Os Soldados vão para cima da Gata, ela dá meia-volta e escapa. Os Soldados vão atrás dela. Narilda e Joélica correm até o Príncipe.

NARILDA ★ A gente te consola, bem consoladinho, Príncipe!

JOÉLICA ★ Eu sei espirrar muito melhor do que ela, quer ver?

O Príncipe se recupera do susto.

PRÍNCIPE ★ Na casa de vocês não tem espelho, não?

O Príncipe sai atrás dos Soldados.

CENA 21

TELHADO DO CASTELO DO REI KING

A Gata atravessa o telhado perdendo um dos sapatinhos de cristal ao som das últimas badaladas. Um efeito especial pontua a última badalada.

CENA 22

FACHADA DO CASTELO DO REI KING

Zeca, Juca e Kiko, como ratos, comemoram em volta de uma abóbora que está no chão.

ZECA ★ Oba!

KIKO ★ Ratos outras vez!

JUCA ★ Nosso pesadelo acabou!

A Gata entra, triste, já vestida de farrapos e guardando no bolso o sapatinho de cristal que sobrou.

GATA ★ Ainda bem que vocês ainda estão aqui.

Zeca, Kiko e Juca "murcham" ao verem a Gata.

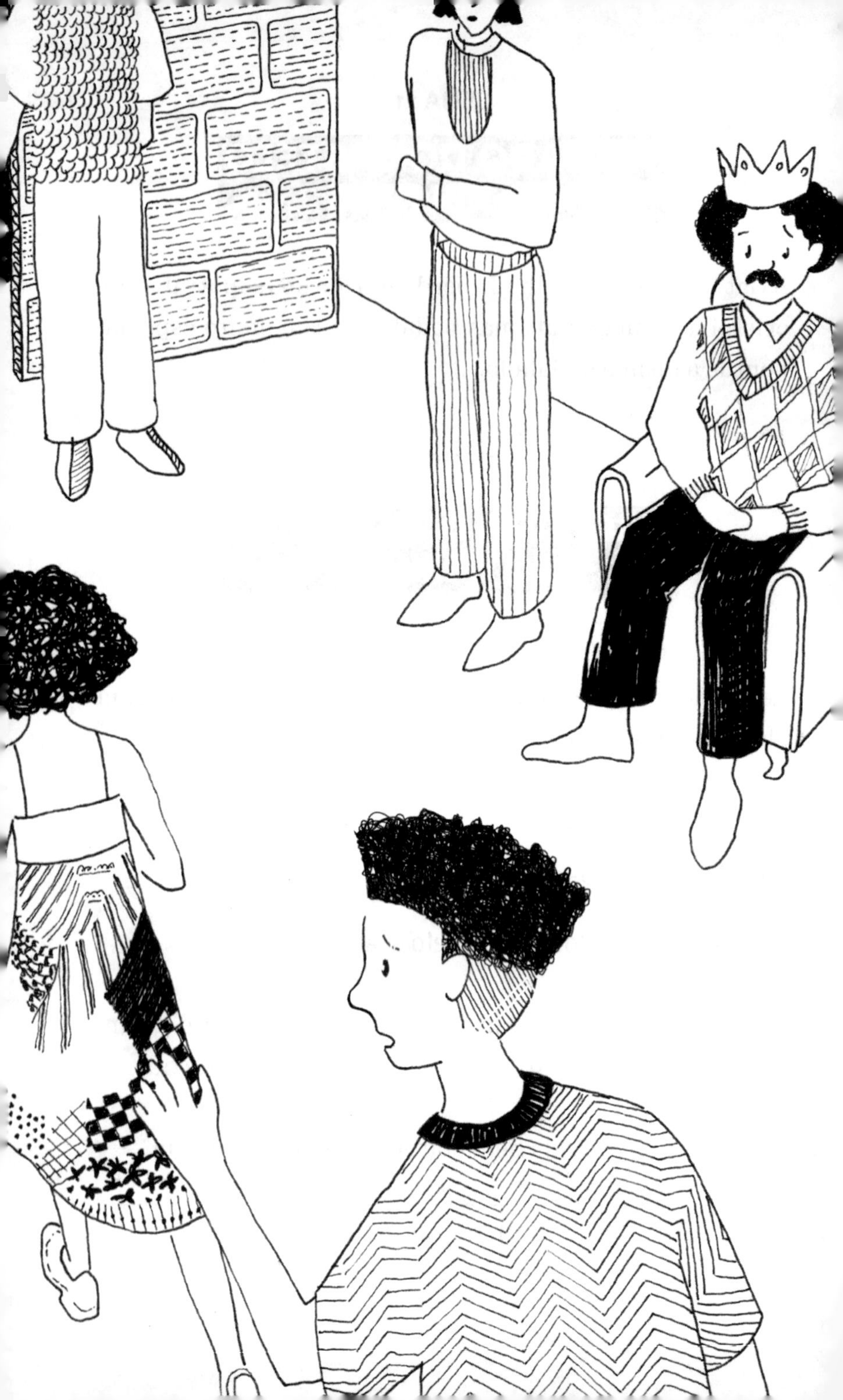

GATA	★ Cadê a carruagem?
KIKO	★ Virou abóbora!

A Gata pega a abóbora no chão e põe embaixo do braço.

GATA	★ O sonho também acabou! Pena que durou tão pouco! Atchim!

ZECA, KIKO E JUCA
 ★ Saúde!

A Gata sai andando. Zeca, Kiko e Juca vão atrás dela.

ZECA	★ Ninguém pode dizer que nós não tentamos ajudar a Gata!
KIKO	★ É... ninguém pode dizer.

ZECA, KIKO E JUCA
 ★ Atchiiiiim!

DIZEM SAÚDE MUTUAMENTE.

ZECA	★ Saúde!
KIKO	★ Saúde!
JUCA	★ Saúde!

Percebem que se resfriaram.

JUCA ★ Chi!

KIKO ★ Pegamos o resfriado da Fada!

ZECA ★ Eu não! Eu peguei foi da Gata Borralheira!

KIKO ★ Exibido!

Cai a luz.

CENA 23
TELHADO DO CASTELO DO REI KING

Os Soldados correm pelo telhado. Quando estão perto do do sapatinho de cristal, são detidos pela voz do Príncipe que entra.

PRÍNCIPE ★ Soldados, parem!

Os Soldados param e o Príncipe, já bastante triste, chega perto deles.

PRÍNCIPE ★ Deixem que ela se vá!

SOLDADO 1 ★ O Arauto nos deu ordens para prendê-la!

PRÍNCIPE ★ E eu estou dando a ordem de que a deixem ir... as Gatas não gostam de viver presas...

O sapatinho no chão chama a atenção do Soldado 2.

SOLDADO 2 ★ ... e nem calçadas!

O Príncipe e o Soldado 1 prestam atenção no Soldado 2.

SOLDADO 2 ★ Ela deixou cair um dos sapatos!

Entra o Rei King.

REI KING ★ Vocês deixaram a pobre, quer dizer, a intrusa escapar?

O Príncipe pega o sapatinho de cristal no chão.

PRÍNCIPE ★ O sapatinho de cristal!

O Rei King se envergonha.

REI KING ★ Sapatinho de cristal? Francamente, meu filho, tudo isso é muito estranho...

PRÍNCIPE ★ Foi o que me restou, dos melhores momentos da minha vida! Pena que durou tão pouco! Nem a chance de pegar o resfriado, eu tive!

REI KING (*para os Soldados*)
★ Saiam... saiam... me deixem a sós com meu filho. Ele não está bem!

Os Soldados saem.

REI KING ★ Sapatos de cristal são coisas de contos de Fada! Nós temos uma tradição... súditos... um reino para zelar! Venha, meu filho! Vamos voltar para a festa!

PRÍNCIPE ★ De que me adianta uma festa?

REI KING ★ Quem sabe não sairá da festa a salvação para o nosso reino?

PRÍNCIPE ⋆ De que me adianta um reino? **(T)** Sem amor não há festa, não há reino... sem amor não há nada, meu pai!

REI KING ⋆ Amor... amor! Eu faço uma festa para lhe dar juízo e você vem falar em amor? O amor não existe, principalmente para um Príncipe... para um futuro rei! Eu vivi muito bem até agora... e sem saber o que é o amor!

PRÍNCIPE ⋆ Viveu muito mal, meu pai! Muito mal!

REI KING (*começando a ceder*)
⋆ Não seja tolo!

PRÍNCIPE ⋆ Quem sabe não é por isso que o nosso reino se encontra em tantas dificuldades?

REI KING (*cedendo um pouco mais*)
⋆ E o meu esperto filho poderia me dizer o que faria um rei amoroso?

PRÍNCIPE ⋆ Deixaria a razão ouvir também a voz do coração e juntos, razão e coração, tomariam as decisões... cuidariam do reino... dos súditos!

REI KING (*sensibilizado*)
⋆ Que efeito lhe causou a tal intrusa!

PRÍNCIPE (*triste*)
⋆ ... mas ela se foi!

REI KING (*se animando*)
⋆ Mas lhe deixou um sapato de cristal...

O Príncipe se anima.

REI KING ⋆ ... uma pista de seu paradeiro!

PRÍNCIPE (*se animando*)
⋆ O senhor está me dizendo para ir atrás dela?

REI KING ⋆ Quem sabe, governando com a razão e o coração, você não consiga salvar o nosso reino da falência! (*T*) Vou dar uma ordem ao Arauto para que amanhã, assim que o Sol raiar, ele vá atrás da dona do sapatinho de cristal!

PRÍNCIPE ⋆ Eu vou com ele!

REI KING ⋆ Isso é trabalho para o Arauto, meu filho!

PRÍNCIPE ⋆ Isso é trabalho para um coração apaixonado, meu pai!

O Príncipe beija o pai. Cai a luz.

CENA 24

EFEITO ESPECIAL

Efeito especial pontua a passagem do tempo. Amanhece.

CENA 25

SALA DO CASTELO DA GATA BORRALHEIRA

Blackout (Escuro total).

JOÉLICA E NARILDA
> ★ Borralheeeeeiraaaaaa!

Sobre a luz. Joélica e Narilda, de camisolas e mais mal-humoradas do que de costume, seguram os vestidos que usaram no baile. A Gata entra correndo, com uma vassoura na mão.

GATA ★ Tô aqui!

NARILDA ★ Tá pensando que eu sou cega?

JOÉLICA ★ Ela faz isso pra provocar a gente!

NARILDA ★ Lave esses vestidos!

JOÉLICA ★ Depois, passe...

NARILDA ★ ... e engome...

JOÉLICA ★ ... e empacote!

GATA ★ Atchim!

Entra a Madrasta com vários novelos de lã preta e vai em direção ao seu tricô.

NARILDA   ★ Agora, vai se fazer de doente!

JOÉLICA   ★ Só pra não trabalhar!

NARILDA   ★ Mas isso não fica assim!

JOÉLICA   ★ Não fica mesmo!

MADRASTA ★ Posso saber o que tá acontecendo?

GATA   ★ Eu vou cuidar dos vestidos! Atchim!

A Gata sai.

NARILDA   ★ Essa atrevida da Borralheira!

JOÉLICA   ★ Tá se fingindo de resfriada, só pra não trabalhar!

NARILDA   ★ Me faz lembrar daquela intrusa de ontem! Que raiva!

MADRASTA (*se interessando*)
           ★ Intrusa?

JOÉLICA   ★ A magrela que ficou dançando com o Príncipe, ela também ficava espirrando...

NARILDA   ★ Dançava... e espirrava! Dançava... e espirrava! Um horror!

MADRASTA (*juntando as coisas*)
           ★ Então, Borralheira e a garota que dançou com o Príncipe estão resfriadas! Interessante! Muito interessante!

Áudio da corneta real. Alvoroço.

MADRASTA ★ O Arauto do Rei? A esta hora? O que será que ele quer?

NARILDA ★ Mande a Borralheira vir abrir a porta!

JOÉLICA ★ Mas nós ainda estamos de camisola.

MADRASTA ★ Quietas as duas! (*T*) Vou ver o que o Arauto quer!

A Madrasta vai até a porta, espia pelo olho mágico, mas não abre.

MADRASTA ★ O Arauto do Rei, acompanhado dos dois Soldados... e do Príncipe Alexandre!

NARILDA E JOÉLICA
★ O príncipe! Aqui?

MADRASTA ★ Isso tem a ver com o baile...
(*falsamente amigável*): Só um momento, senhores! Ainda estamos de camisola!

ARAUTO ★ Está bem, mas só um momento!

Narilda e Joélica estão alvoroçadas.

NARILDA ★ E agora?

JOÉLICA ★ O que é que a gente faz?

MADRASTA (*armando um plano*)
    ★ Vão se vestir... (*cruel*) eu preciso tomar uma providência, antes de abrir a porta!

Narilda e Joélica saem correndo e a Madrasta sai pelo outro lado.

CENA 26
SOTÃO

A Gata cuida dos vestidos acompanhada pelos ratos, todos tristes. A Madrasta chega. Os ratos se assustam e saem correndo.

GATA (*assustada*)
⋆ Madrasta!

MADRASTA ⋆ Por que a surpresa, meu bem?

GATA ⋆ A senhora nunca subiu no sótão.

MADRASTA ⋆ E não voltarei a subir, pelo menos no que depender de mim! Espero resolver esse problema de uma vez por todas!

GATA ⋆ Que problema?

A Madrasta pega a borralheira pelo braço.

MADRASTA ⋆ Você! Eu estou cansada de você tentar atrapalhar o futuro das minhas filhas.

A Madrasta vê o armário velho.

GATA ⋆ O que eu fiz?

A Madrasta arrasta a Gata até o armário.

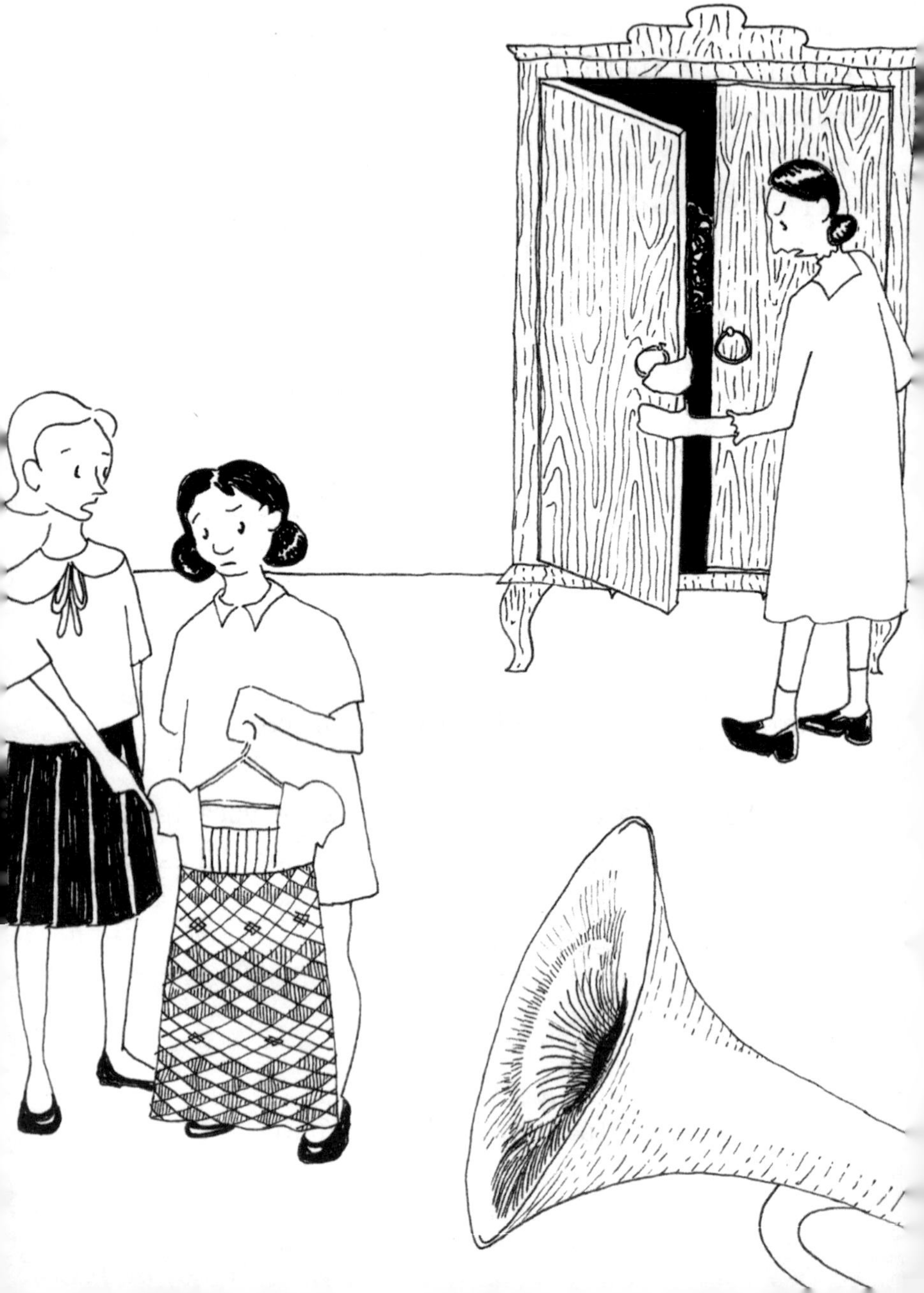

MADRASTA ★ Se você pensa que eu vou voltar a morar naquele quartinho imundo, úmido e sem Sol está muito enganada!

A Madrasta coloca a Gata dentro do armário.

GATA ★ Por favor...

MADRASTA ★ Quieta!

A Madrasta tranca a porta.

MADRASTA ★ Você vai ficar aí dentro... pelo menos, até o perigo passar!

A Madrasta guarda a chave do armário no bolso do vestido e sai gargalhando.

MADRASTA ★ Eu sou muito mais esperta que você... muito mais... muito mais...

CENA 27

SALA DO CASTELO DA GATA BORRALHEIRA

Narilda e Joélica já vestidas e a Madrasta chegam na sala ao mesmo tempo.

ARAUTO (*em off*)
> ★ Abram a porta.... em nome do Rei!

MADRASTA ★ Abra a porta, Narilda!

NARILDA ★ Abrir a porta?

JOÉLICA ★ Mas... é a Borralheira?

MADRASTA (*definitiva*)
> ★ Abra a porta!

Narilda e Joélica abrem a porta. Entram o Arauto, o Príncipe, o Soldado 1 segurando a corneta, o Soldado 2 segurando uma almofada onde está o sapato de cristal. Os quatro estão visivelmente cansados. Narilda e Joélica quase desmaiam.

NARILDA E JOÉLICA
> ★ O Príncipe...

O Príncipe lança um olhar sobre Narilda e Joélica, desinteressado.

MADRASTA ★ A que devo a honra de tão real visita em meu humilde castelo?

PRÍNCIPE ★ Humilde mesmo! (*à parte para o ARAUTO*) Acho que nem vale a pena tentar, Arauto!

ARAUTO ★ Também, acho, alteza! Mas, já que estamos aqui... e este é o último castelo do reino!

PRÍNCIPE ★ Está bem!

O Soldado 1 toca a corneta. O Arauto abre o pergaminho.

ARAUTO (*lendo*)
★ Sua alteza o Rei King faz saber: a dona do pé no qual couber o sapato de cristal aqui presente, será proclamada a noiva escolhida pelo Príncipe Alexandre!

NARILDA ★ Sapatinho de Cristal?

JOÉLICA ★ Noiva escolhida?

NARILDA ★ É meu!

JOÉLICA ★ É meu!

MADRASTA (*puxando as duas à parte*)
★ Concentrem-se, meus bebês! (*baixo*)
Se vocês deixarem escapar mais essa oportunidade...

NARILDA E JOÉLICA
⋆ O que a senhora quer que a gente faça?

MADRASTA ⋆ Fiquem quietas e deixem que eu faço!

A Madrasta vai até o Arauto e o Príncipe.

MADRASTA ⋆ Certamente esse lindo sapatinho caberá nos pés de um dos meus bebês!

A Madrasta coloca uma cadeira no centro do palco.

MADRASTA (*apontando a cadeira*)
⋆ Primeiro a mais formosa...

Narilda e Joélica se precipitam.

MADRASTA ⋆ ... Narilda!

Joélica faz cara feia. Narilda mostra a língua e senta-se na cadeira.

ARAUTO ⋆ Soldado!

O Soldado 2 vai até Narilda, tira o sapato que ela veste (reage ao chulé) e tenta lhe calçar o sapato de cristal. O Arauto e o Príncipe, ao lado, conferem a ação.

ARAUTO ⋆ Não serve!

NARILDA   ★ E se eu cortar as unhas?

ARAUTO   ★ Nem assim!

NARILDA   ★ E se eu cortar a ponta dos dedos?

ARAUTO (*ao Príncipe*)
  ★ Não é ela a dona do sapato de cristal!

Narilda tira o seu sapato das mãos do Soldado 2 e levanta-se chorando.

NARILDA   ★ Isso é uma injustiça, *mummy*! Só porque o meu pezinho cresceu um pouquinho de ontem pra hoje...

MADRASTA (*para Joélica*) Quieta!
  (*para o Arauto*)
  ★ Agora, a minha filha mais encantadora: Joélica!

Joélica vai para a cadeira, o Soldado 2 tira o sapato dela, reage ao chulé e experimenta o sapato de cristal.

ARAUTO   ★ Não serve!

JOÉLICA   ★ E se eu lixar o meu calcanhar?

ARAUTO   ★ Nem assim!

JOÉLICA   ★ E se eu cortar um pedaço dele?

ARAUTO (*ao PRÍNCIPE*)
  ★ Não é ela a dona do sapato de cristal!

Joélica surta, pega o sapatinho na mão e sai pela sala.

JOÉLICA ★ Sou eu, sim... o sapatinho é meu... o sapatinho é meu...

Narilda surta e vai atrás de Joélica. As duas brigam pelo sapato, jogam-no para o alto.

JOÉLICA ★ É meu!

NARILDA ★ É meu!

Os Soldados tentam recuperar o sapato. O Arauto lembra-se de algo.

ARAUTO ★ Acho que da outra vez que estive aqui... havia mais uma moça...

A Madrasta se assusta.

NARILDA ★ É meu!

JOÉLICA ★ É meu!

MADRASTA ★ Cheeeeega!

Silêncio.

MADRASTA ★ Devolvam esse maldito sapatinho de cristal ao Soldado... antes que seja tarde demais!

Narilda e Joélica se contêm e entregam o sapato de cristal.

PRÍNCIPE (*para o Arauto*)
      * O que será que essa bruxa quis dizer com tarde demais?

ARAUTO   * Deixe comigo, Príncipe!
      (*para a Madrasta*)
      Senhora, se não me engano, da outra vez que estive aqui, havia uma criada...

O Príncipe se anima.

MADRASTA * Nem me lembre disso, senhor Arauto! Sim havia... e me roubou todas as joias... e fugiu com o filho do padeiro... não se pode confiar nos pobres...

O Príncipe volta a ficar triste.

ARAUTO   * Tem certeza? A senhora sabe quanto é a multa por mentir ao enviado do Rei? Sem falar nos anos de cadeia...

MADRASTA (*sustentando a mentira*)
      * Assim o senhor me ofende, Senhor Arauto! Não há mais ninguém no castelo, só os bichos!

PRÍNCIPE   * Melhor irmos embora, Príncipe!

ARAUTO (*para a Madrasta*)
    ★ Obrigado à Senhora e às suas filhas... Vamos, Príncipe!

PRÍNCIPE ★ Vamos! Tudo não passou de um sonho... curto demais para ser um sonho... mas um sonho!

O Arauto, o Príncipe, o Soldado 1 e o Soldado 2 vão saindo.

GATA (*espirra em off*)
    ★ Atchiiiiimmm!!!!

O Príncipe se anima.

PRÍNCIPE ★ Alguém espirrou!

ARAUTO ★ A senhora disse que não tinha mais ninguém no castelo...

MADRASTA ★ ... só os bichos!

Ouve-se um novo espirro.

PRÍNCIPE ★ É ela!!! O espirro veio lá de cima!

O Príncipe se precipita para o sótão. O Arauto, o Soldado 1 e o Soldado 2 vão atrás.

MADRASTA ★ Esperem... vocês não podem invadir assim o castelo de uma pobre viúva!

ARAUTO ★ Claro que podemos!

Narilda e Joélica ameaçam ir atrás deles. A Madrasta segura-as pelas costas.

MADRASTA ★ Onde é que vocês pensam que vão?

NARILDA E JOÉLICA
★ Atrás do nosso final feliz!

MADRASTA ★ Nem parecem minhas filhas! (*T*)
Vocês perderam todas as chances de um final feliz!

NARILDA ★ Perdemos?

JOÉLICA ★ E agora?

MADRASTA ★ Agora, vamos fugir enquanto é tempo!

NARILDA E JOÉLICA
★ Mas... *mummy*...

A Madrasta sai arrastando as filhas.

NARILDA ★ ... e os meus cremes?

JOÉLICA ★ ... e as minhas vitaminas?

MADRASTA ★Nem mais um pio! Corram... Corram...

A Madrasta, Narilda e Joélica saem.

CENA 28
SÓTÃO

Entram o Príncipe, o Arauto, o Soldado 1 e o Soldado 2.

PRÍNCIPE ★ Os espirros vieram daqui!

A Gata espirra dentro do armário. Os três correm até o armário. O Soldado 1 e o Soldado 2 tentam abrir o armário.

SOLDADO 1 ★ Está trancado, Alteza!

PRÍNCIPE ★ Arrombe a porta, mas, sem machucá-la!

O Soldado 1 e o Soldado 2 fazem um pouco de esforço e conseguem abrir o cadeado. A Gata empurra a porta e sai assustada e espirrando.

GATA (*confusa*)
★ Atchim! Acho que a poeira do armário piorou o meu resfriado!

PRÍNCIPE ★ Graças aos seus espirros, eu te encontrei!

A Gata percebe que é o Príncipe.

GATA ★ Vo-vo-vo-cê? Atchim! Será que eu voltei a sonhar?

PRÍNCIPE ★ Voltou... só que desta vez, eu estou sonhando com você... e o nosso sonho será para sempre!

A Gata e o Príncipe trocam um beijo "selinho".

ARAUTO ★ Mas, antes, ela precisa experimentar o sapatinho de cristal! São ordens do Rei!

O Soldado 2 se aproxima com o sapato. Ao ver o sapato, a Gata tira o outro pé do bolso do vestido.

GATA ★ Ainda bem que vocês encontraram o outro pé!

ARAUTO ★ Acho que não é mais preciso experimentar!

PRÍNCIPE ★ Calce-os, por favor!

Enquanto a Gata calça os sapatos:

ARAUTO ★ Agora é o Príncipe quem duvida?

A Gata já está com os sapatinhos.

PRÍNCIPE ★ Claro que não! (para a Gata) Será que a Gata dançaria mais uma vez com o pavão?

GATA ★ "Assim"?

PRÍNCIPE ★ Assim como?

GATA ⋆ Toda suja de borralho?

PRÍNCIPE ⋆ A mais linda das gatas borralheiras! Atchim!

GATA ⋆ Saúde!

PRÍNCIPE ⋆ Obrigado! (*T*) Dança comigo?

GATA ⋆ Só se for para sempre!

A Gata e o Príncipe se beijam. Espirram e saem dançando. O Arauto e o Soldado comemoram. Zeca, Kiko e Juca entram comemorando.

CENA 29
ESTRADA

Vemos a Madrasta, Narilda e Joélica correndo e fugindo.

MADRASTA ★ Corram... corram... se nos pegarem, estamos fritas!

Entra a Fada Madrinha, e confere a Madrasta, Narilda e Joélica correndo.

FADA ★ Espere um pouco! O final dessas três ainda está muito feliz para o meu gosto! (*fazendo um encanto*) ... que os fios da teia que a maldade tece, caiam agora mesmo e para sempre sobre aquelas que a merece... é crer pra ver!

Efeito: a teia de aranha que a Madrasta tricotava flutua e cai sobre ela, Narilda e Joélica, prendendo-as.

NARILDA ★ E agora, *mummy*?

MADRASTA ★ Agora? É esperar a polícia chegar!

JOÉLICA ★ Estamos perdidas?

MADRASTA ★ Perdidas para sempre!

NARILDA (começando a chorar)
★ Eu não quero ficar perdida para sempre!

JOÉLICA ★ Nem eu!

Narilda e Joélica se abraçam chorando.

MADRASTA ★ Quietas... **(A Madrasta começa a bater em Narilda e em Joélica)** quietas... quietas... quieeeeeetas!

FADA ★ Assim está bem melhor! **(T)** Entrou por uma porta e saiu pela outra! Quem quiser, que conte outra! Atchiiiim!

A Fada sai voando. Cai a luz sobre a Madrasta, Narilda e Joélica.

CENA 30

SALÃO DO CASTELO DO REI KING

A Gata e o Príncipe voltam dançando. A Gata já está vestida novamente como ela foi ao baile. O Rei entra comemorando e espirrando.

REI KING ★ Adoro finais felizes! Atchiiiim!

Zeca, Kiko e Juca, Arauto, Soldados, Bonecos... Todos estão espirrando e dançando para comemorar. Durante a dança, o Príncipe e a Gata espirram algumas vezes. No final, selam com um longo beijo.

Final feliz

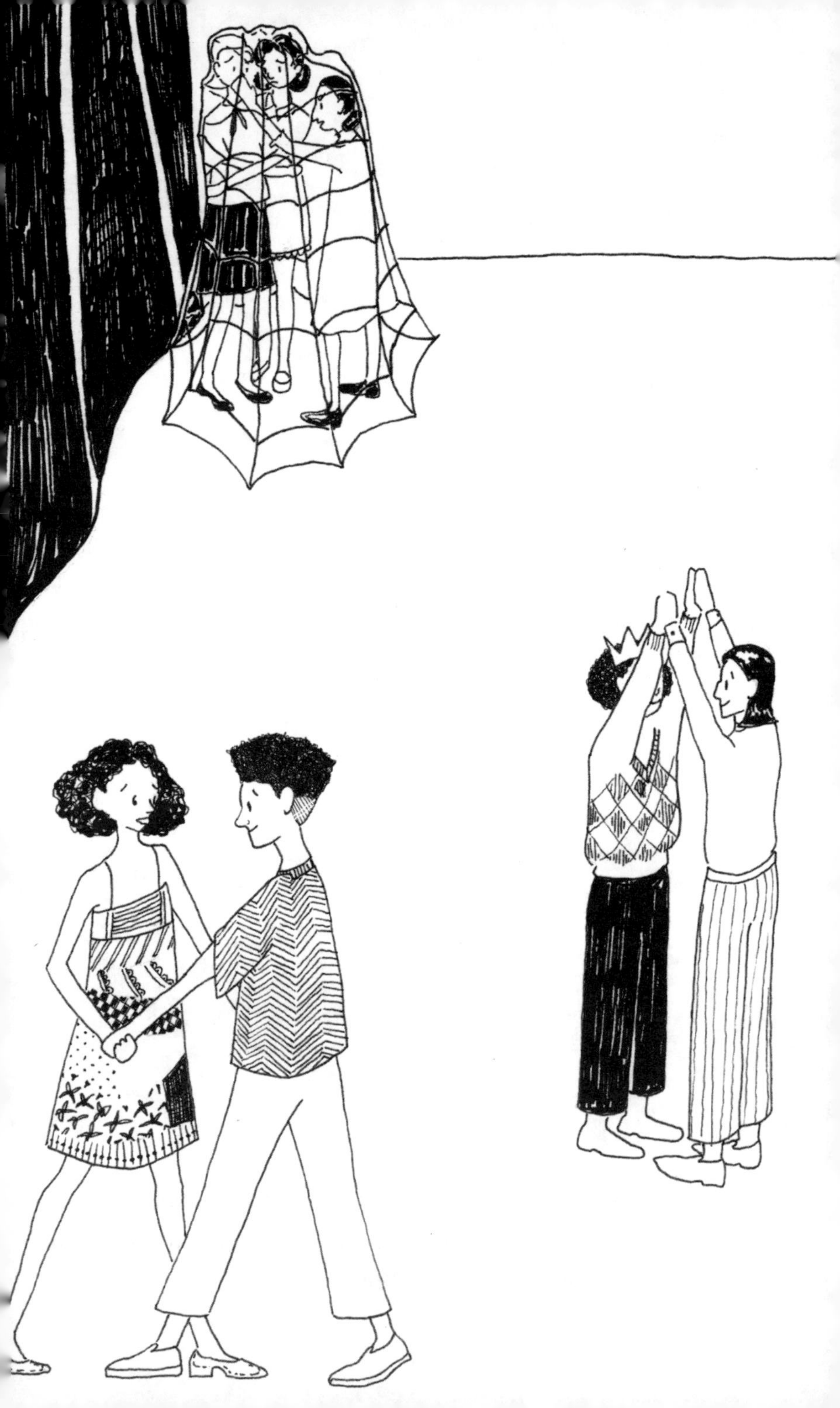

Esta obra foi composta em Gimlet e Puffin Display Soft. Impresso sobre papel offset 90 g/m². Publicada pela Editora IBEP, em julho de 2024.